T0013653

Mamut

Mamut

EVA BALTASAR

Traducción del catalán
de Nicole d'Amonville Alegría

LITERATURA RANDOM HOUSE

Título original: *Mamut*

Primera edición: marzo de 2022

Printed in Spain – Impreso en España

ISBN: 978-84-397-3544-1
Depósito legal: B-813-2022

Compuesto en La Nueva Edimac, S. L.
Impreso en Unigraf
Móstoles (Madrid)

R H 3 5 4 4 1

Una idea tiene hambre de tu cuerpo.

LES MURRAY,
Poemas subhumanos de cuello rojo

UNO

El día que iba a preñarme, cumplía veinticuatro años y organicé una fiesta de cumpleaños que, en realidad, era una fiesta de fecundación encubierta. Algunos compañeros de piso me ayudaron. Llamaron a amigos y conocidos. Mis amigos podían traer a sus conocidos. Necesitaba gente; cuanta más, mejor. Reunir a una multitud, a ese hormiguero donde los gestos épicos pasan desapercibidos. Quería ser madre soltera, que ningún padre me reclamase nunca su parte. Era abril y la primavera estallaba en los ventanales con una inmensa vaharada de vida en suspensión. Esa desmesurada luz me hacía sentir fértil, la tragaba como una medicina, creía en ella, en su función preparatoria para convertir mi vientre en una capilla. Después del almuerzo, me tumbaba en el sofá-cama de mi habitación, apoyaba la cabeza contra los cristales que daban al zoológico y me entregaba a esa fosforescencia que transformaba mi piel en oro, los pelos de mi brazo en espiga pura, mis piernas en disolutos y laxos apéndices. Me masturbaba al sol deseando un hijo. Me dormía acunada por chillidos de aves enjauladas y despertaba al atardecer, cuando un silencio liso preparaba la pendiente por donde no tardarían en rodar las antiguas, retronantes penas de los leones.

Por aquel entonces trabajaba en la universidad, en un grupo de investigación de la facultad de Sociología. El título era «Demografía y longevidad». Nos hallábamos en la primera fase de la investigación, la más extensa: acopiar datos. Pasaba mañanas enteras en centros de día y residencias de ancianos, entrevistando a ese segmento de la población. Era una tarea eterna que solía verse interrumpida por ataques de tos y vómitos de flema. Casi nunca conseguía que respondiesen al cuestionario entero durante una primera entrevista, y tenía que regresar al día siguiente. Cuando me despedía, algunos ancianos me retenían. Me apretaban las manos como queriendo chuparme días de vida, esa lenta savia que alimenta los años. En dos ocasiones, el día siguiente resultó demasiado tarde. Fue una época de pequeños descubrimientos: los abuelos morían de noche, poco antes del alba, tras haber dormido. Y otra cosa: en las residencias los ancianos morían de tres en tres. Un misterio, pero era así. Nadie nace solo, pero los cuerpos, cuando les llega la hora de morir solos, se hermanan como naciones o mosqueteros.

Los trabajos becados brindan sueldos exiguos, pero yo vivía bien. Durante la carrera me había hecho amiga de una estudiante de doctorado y, con ella y dos chicas más, alquilamos un piso cerca de la Ciudadela. El padre de una de ellas fue nuestro aval. Nos mudamos todas a la vez, el primer día del contrato. Entramos en silencio, como se entra a una cripta o se acude a un joyero, luciendo la incrédula sonrisa de quien descubre que la magnanimidad se ha solidificado en paredes. Echamos las habitaciones a suerte y a mí me tocó la más pequeña. La idea era cambiar de habitación cada medio año, pero eso no sucedió nunca. Cada una hizo suyo su espacio, cambió los muebles de sitio, dejó caer pelos en él y mudó sus gustos, su piel. El día de mi vigesimocuarto cumpleaños sólo quedaba yo. Realquilaba habitaciones a estudiantes extranjeros e intentaba no toparme nunca con ellos. Eso hacía que la convivencia fuera aceptable. Era como si, fuera de casa, todo me molestase.

Lo primero que hacía cada día, antes de salir de la cama, era abrir el ventanal y tragar el aliento de la mañana. Me envolvía en el edredón y permanecía tumbada unos minutos. Al clarear el día, Barcelona tiene un aire sacrílego. Se abalanza sobre la masa de luz aún pálida que se origina mar adentro y se apropia de ella remolcándola con su lucrativo fórceps. Es el momento de despertadores y estimulantes, prisas, portazos y dolores de cabeza. Un inmenso engranaje escupe y arranca, el lenguaje lo mantiene engrasado, un lenguaje desapasionado y soez que pervierte el sentido original del lenguaje. Me desperezaba tomando conciencia de esa profanación. Luego me dirigía a la ducha y lavaba mi cuerpo, me vestía con ropa limpia, comía alimentos procesados. Cuando salía de casa, antes de enterrarme en el metro, miraba un instante hacia la parte de montaña e imaginaba otras montañas más altas, más vacías y más grandes. Me convertía en un animal cautivo que alza su hocico y permanece pensativo porque ha olido los dedos de un niño y ha retenido ese hambre.

Las paredes de algunos geriátricos me inquietaban. Había visitado decenas de centros en todos los distritos municipales. En los barrios acomodados, las residencias eran pulcras a la manera de los museos. Callada vaciedad cargada de matices humanos. Aquí y allá, en las salas y al final de los pasillos, reproducciones de Monet, Renoir, Degas. Paredes tapizadas con telas lisas. Los ancianos encajaban allí como en una vitrina. Solían vestir bien, llevaban chaquetas de jinete y la raya de los pantalones en su sitio. Les gustaban los pañuelitos de cuello y los tonos granate. Siempre habían vivido con la cabeza alta y ahora aprendían a morir de la misma forma, luciendo aclaradas cabelleras de un luminoso blanco y nariz y orejas depilados. La soledad les rondaba como un buitre. Ellos la ignoraban, no justificando nunca a sus hijos, ni siquiera mostrando una foto de su nieto pequeño. Maquillaban su vejez con conciertos de Vivaldi y suites de Bach, pero ya parecían estar muertos, como si su corazón continuara funcionando por pura inercia. La mayoría tenía una acompañante, una mujer robusta de pelo corto y uniforme ajustado. Los ancianos se apoyaban en ellas como en una madre y las sometían a las escurriduras de su poder: les mandaban hacer encargos, se empeñaban en pasear con su silla de ruedas por la grava de los jardines. Ellas los empujaban de un lado a otro, les leían la correspondencia, les frotaban los pies diabéticos con aceites hidratantes. De noche les arropaban y aparcaban sus sillas en el pasillo antes de bajar al vestíbulo, donde se esperaban unas a otras con su abrigo, del que sobresalía una bata, puesto, y su bolso de cuero colgado en bandolera. A veces me unía a ellas. No callaban ni agotadas. Hacíamos juntas el primer tramo en autobús. Luego cada una tomaba su línea de metro. A medida que nos alejábamos de la residencia, los barrios se apretujaban. Lejos de allí, las bailarinas de Degas colgadas de la pared eran testigos mudos de esa linde donde la vida se zambulle en la muerte.

Día fértil número dos, medianoche. Ya no cabía nadie en el piso y el timbre aún sonaba de vez en cuando. Dejé de abrir. Esa mañana había ido a la ferretería y comprado un pestillo. Ahora mi habitación podía cerrarse por dentro. Llevaba una semana masturbándome con el consolador a diario. Cuando no lo utilizaba durante un tiempo, mi vagina se cerraba como si hubiese nacido hombre y me hubiera abierto una adrede, por lo que la siguiente penetración siempre resultaba molesta, debía realizarla con cuidado, embadurnar el consolador con lubricante e introducírmelo lentamente. Y eso no podía ser, tenía que preñarme con el primer grito. Había música, comida, bebida, ceniceros y gente, mucha gente. Había escondido mis objetos personales en mi armario. La casa era un escenario, una plaza, la amable antesala de un laboratorio experimental. Había comido cacahuetes, había abierto botellas, pero no regalos. A las dos de la madrugada llegó un segundo grupo de gente. El lavabo estaba hecho un asco. Era el momento. Le vi en la terraza. Me acerqué, le quité su vaso, apagué en él mi cigarrillo y bailamos. Se pegó a mí. Estaba terminando un máster y era instructor de natación. Cuando lo dijo, pensé en espermatozoides de anchos hombros y magníficos remontadores, y confié en la situación. Besé su aliento a ginebra durante más de un minuto, mi primer beso a un hombre. Besaba bien, pero no me gustó, me incomodaban su piel bien afeitada, sus gruesos labios de mujer y el hecho de que mi propio cuerpo, cimbreando como catenarias, atentase contra mi mente abriéndose al cuerpo del otro sexo con tanta autonomía, tanto valor. Le incité a seguirme hasta mi habitación, de donde expulsé a cinco o seis personas, y eché el pestillo. Poca luz, sólo la que entraba por las rendijas de la persiana. Nos besamos otra vez. No podía soltarle, debía aferrarme al instinto. Arremangué mi vestido.

Él se quitó la camiseta. Desabroché sus tejanos y le empujé hasta la cama. Él sacó un condón y el corazón me dio un vuelco. ¿Qué podía hacer? ¿Decirle que no era necesario? ¿Qué me gustaba más sin? Se colocó el preservativo con una destreza alarmante, de pie, delante de mí. Se hace difícil pensar cuando es el cuerpo el que lleva las riendas del pensamiento, pero llegué a una conclusión: debía hacérmelo con él dos veces, la primera con condón, la segunda, sin. Era la única solución. Es más, esa solución me acorazaba. Le miré o, mejor dicho, le admiré un instante, sintiéndome inverosímil, no podía ser yo. Su pene se alzaba ante mí como un báculo y me daban ganas de renunciar. Pero nada más pensarlo, unos brazos me auparon. Yo era esa muñeca que, antes de que alguien se la folle, cae a cuatro patas sobre la hierba, sólo para jugar con ella.

Fue largo, tedioso, un interminable zarandeo, como durante un viaje en diligencia o una crisis de autismo con cabezazos. Quería huir, quería preñarme y no estaba dispuesta a reanudar todo el proceso ni una vez más. Cuando iba a vestirse para marcharse, le retuve. La música se arrastraba. Ahora, él dormía. Extraje un Red Bull de mi mochila y lo bebí en tres sorbos. Me senté a fumar y a esperar. Dormía como una suntuosa fiera, un guepardo o un león. Era un carnívoro macho follador y yo asistía a su regeneración. Guardé mi reloj en el cajón, tiré el condón a la papelera y me olí. Toda yo olía a algas tibias, a sudor, a agua atrapada en ese estanque donde fermentaban minúsculas milicias de huevos. Esperé hasta percibir los primeros gritos de las aves de mutiladas alas. De improviso, las rendijas de la persiana se encendieron, ojos de felino avizoraban la habitación. Era el momento. Agarré el lubricante, me unté los dedos y los hundí en mí. Pensaba en brea, grasa, aceites de maceración. Regresé a la cama, empuñé su pene y le persuadí de que continuáramos. Lo monté con precaución, como si fuera muy valioso. Permití que no sólo mi carne, sino también todos mis nervios y enrejados mentales se abrieran en mi cuerpo hasta alcanzar esos ilícitos, clandestinos epicentros a los que invitaba a mis amantes. Poco antes de terminar, lo acosté sobre mí. Necesitaba la horizontalidad del hábitat ideal, originar la ola, los remolinos capaces de arrastrar la niebla seminal. Sobre mí yacía un animal movido por el celo, una bestia de músculos acuáticos procedente del reino más antiguo: la vida, la fuerza inteligente.

Al cabo de unos días me vino la regla. Esa mancha de sangre en mis bragas era un insulto. Parecía retarme: ¿Por quién te tomas? La sangre que lava óvulos muertos se sabe ama y señora, es el hostil recordatorio del poder de un cuerpo sometido al capricho de un hambre externa. Una subinquilina de mi casa me encontró sentada en el suelo de la cocina. «Non è la fine del mondo», dijo. Me quedé mirándola durante unos segundos, estaba preciosa con ese uniforme azul marino de heladera y esa cabellera violácea que bordaba su cuello y se introducía en su blusa. Era una mujer ciruela, me resultaba imposible verla y no desearla. Sin embargo, en aquel momento no entendí por qué no había intentado ligármela nunca. Quizá porque vivíamos juntas y la proximidad entre dos cuerpos es un biombo ligero que se alza con timidez. O quizá porque en las relaciones personales, las auténticas, me dejaba llevar, no me seducían los grandes retos. Sentía que no hacía el menor esfuerzo por reunirme con los demás, dejaba que fueran ellos quienes se acercaran a mí. Como si me hubiesen educado para satisfacer expectativas y necesidades ajenas. ¿Era así como se educaba a las mujeres? A veces me consideraba un roedor de sotobosque, un mamífero trabajador concebido para alimentar a animales más grandes de cualquier especie.

Mañana de viernes. Cielo azul arrasado por el viento. El sol se desparrama sobre él como gasolina. Llego al geriátrico del Ensanche, donde estuve el día anterior. No podía regresar a casa sin antes haber rematado una entrevista. La trabajadora familiar me recibió con una advertencia: «Hoy están un poco nerviosos». Entré en una sala donde los ancianos aguardaban antes de iniciar su jornada de rehabilitación y lo percibí en el acto. La mayoría estaba de pie. Avanzaban entre las butacas como por un campo de maíz, palpaban las hojas del tiempo detenido en esa estancia, las apartaban, se orientaban. ¡Querían salir de allí! Sus ojos, siempre vidriosos, brillaban, cristalinos. Respiraban y parecían hurones, me miraban y yo veía lobos. Introduje el portátil en mi mochila y me largué sin decir nada. Fuera, la mañana triunfaba sobre la ciudad y atraía los cuerpos de niños, perros y ancianos a las ventanas.

Mi trabajo en la universidad me hacía sentir idiota. Habíamos concluido la fase de las entrevistas, las había transcrito y ahora tocaba centrarse en el vaciado. Se me antojaba que reducir una vida a una plantilla de Excel constituía un delito. Odiaba mi herramienta, el hacha de especialista con que descuartizaba recuerdos y sentimientos, vivencias y tormentos de una gente que, a fin de cuentas, había persuadido a la vida de que la aguantase durante todo ese tiempo. Cuando en las reuniones de equipo la directora tomaba la palabra y exponía que, a la larga, nuestro estudio tendría un impacto muy positivo en ese «segmento tan vulnerable de la población», sentía que una mano se introducía en mi cuerpo, una mano institucional capaz de hablar por mí y ganar dinero. Mis compañeros estaban entusiasmados. Confiaban en el programa informático como en un guía espiritual, le entregaban el fruto de su trabajo, esperaban de él un milagro. Yo permanecía junto a ellos, pero no sabía ser como ellos. Imitaba sus gestos, sus argumentos, me esforzaba por creer, hasta que mi ánimo y mi cerebro, a fuerza de fustigarlos, sangraban.

A finales de junio, la ciudad entera rezumaba bochorno. De día se fermentaba, se corrompía, empezando por la pulpa de cada uno de sus habitantes; de noche era un organismo exhausto que caía tendido frente al mar. Empecé a cenar en el balcón. Un pañuelo a modo de mantel, velitas; en un bol de plástico, cerezas grandes y húmedas como ojos. Del otro lado de la calle, los muros del zoológico callaban. A esa hora, su alambrada les daba aspecto de frontera con un país pobre. Me concentraba en las copas de los árboles que sobresalían por encima de ellos y comía despacio. Los árboles eran blandos y formaban una almohada embutida con picos y gritos. Cuando la luz declinaba, los pájaros morían y los árboles se azulaban. Contenían el silencio y lo sostenían todo. También a mí, de forma sorprendente pero indudable. Los miraba y abrían los ojos. Alargaba la mano y querían tirar de ella, como si viniesen a buscarme porque otros árboles me esperaban en otra parte. Hablé con ellos. Les conté que dejaba mi trabajo. Que quizá no tendría nunca un hijo. Oía su testimonio, que todo cuanto decía quedaba escrito. Tras haber departido, habría llorado, pero no podía. Ni siquiera podía causarme ese dolor que liberaría mi llanto. La noche era despiadada. Las calles, siempre brutales, nunca tranquilas, constituían la guarida de las larvas. Todas esas larvas llevaban una misma vida, la encapsulada vida que había terminado imponiéndose. Era una impenetrable y estéril vida en el hielo. Evidente, aun en una canicular noche de verano.

Cada mañana salía en busca de trabajo, consultaba webs, hacía la ronda de los tableros de anuncios de centros cívicos y puntos de información juvenil. Y nada. Descubrí que los sociólogos éramos técnicos de la vacuidad. Cuando ya casi había agotado mis ahorros, acepté un trabajo de camarera en una cadena de cafeterías. El uniforme era verde y negro e incluía una camisa de poliéster que debía abotonarme hasta arriba. Ocho horas diarias tensando el cuello. Si tenía sed, podía beber café; si tenía hambre, podía terminar lo que los clientes dejaban en su plato. Cuando me lo dijeron, no me lo creía. Al día siguiente, ya me había acostumbrado. Aprendí a utilizar la cafetera, y me encantaba hacerlo. También aprendí a preparar café sin carga para poder beber toda el agua sucia que quería sin terminar mi jornada con el corazón disparado. Mi jefa era más joven que yo, flaca como un gato. La talla pequeña del uniforme le quedaba grande. Llevaba el pelo teñido de color mostaza y un brillante incrustado en cada colmillo. Le gustaba mandar desde la mesilla del fondo, donde pasaba horas hablando con amigos y parientes. Sus órdenes me impactaban como dardos. El día que me marché no quiso pagarme. La amenacé con ahuyentar a su clientela plantándome en la entrada como una indigente, sosteniendo un cartón que diría: HE TRABAJADO AQUÍ Y NO QUIEREN PAGARME. Se rio de mí y no me atreví a regresar nunca más. Me había contratado dos días antes.

Trabajé en una panadería, en el almacén de un supermercado, fregando platos en la cocina de un hotel, de dependienta en una tienda de zapatos y bolsos. Dejaba el trabajo poco después de haberlo aceptado, cuando empezaba a hacerme a él, porque me aterraba la idea de habituarme a la explotación. Vi claro que el mundo laboral, el legalizado, era una tomadura de pelo. Trabajando para otro entregaba mi posesión más valiosa, más aún que mi tiempo y que el significado de esa intrigante palabra: la dignidad. Sentía que cada vez que firmaba un contrato o aceptaba de palabra unos días de prueba me estaba vendiendo a un intermediario, a alguien que confiscaba mi pasaporte para engordar a mi costa. Una noche, mientras regresaba a casa en metro, exhausta tras haber pasado el día matando piojos y sacando liendres de las cabezas de un tropel de niños en edad preescolar, recordé con nostalgia mi época en la universidad. Fue un trayecto hacia la debilidad que evidenció el feroz poder del cansancio. Una persona agotada se somete a cualquier cosa. Ocho o nueve o diez horas de pie por un miserable sueldo reducen a cualquiera a un modelo humano inferior en la escala evolutiva. Imposible pensar si no es mediante un razonamiento primario: permanecer en un lugar el tiempo necesario para obtener comida y, al final de la jornada, guarecerse de la inclemencia y la oscuridad en un agujero. Hace miles de años los agujeros se llamaban cuevas. Ahora las llamamos ocio, deporte, redes sociales. Nos encerramos en nuestras miserables celdas y nos sentimos orgullosos, nos creemos afortunados.

Una tarde de lluvia, cuando estaba sola en casa, me preparé un té y fui a tomármelo al sofá. El piso se hallaba a oscuras. La lámpara de lectura irradiaba una luz solitaria que evocaba un faro. Me sentía bien en ese rincón. El bienestar era la telaraña tejida entre los detalles que me resguardaban: mi jersey raído de andar por casa, una oscura grieta en el interior de mi taza, mis pies bajo la manta. Fuera, la lluvia subsistía. Pensé en el zoo, que, como único elemento imprevisible en la rutina diaria, pillaba la lluvia al vuelo. Cada recinto era un microcosmos, un hábitat falseado con ramas de bambú y acacia y termostatos de contención climática. En su interior los animales no vivían, se pudrían, y la gente que los visitaba, lo mismo, ni más ni menos que quienes trabajaban allí. Terminé mi té de un sorbo y me dirigí a la cocina para prepararme otro. Quise poner un cedé, pero el aparato no funcionaba. De nuevo, sofá. La lengua escaldada. Y la lluvia que, de improviso, gritaba. Recordé la noche de mi cumpleaños. Yo también había gritado. Con la primera embestida. Una única vez. Después, hubo un gran naufragio, una raja seguida de un hundimiento. Como un petrolero partido por la mitad. Como la amputación de un continente. Un cuerpo puede contener un océano helado en cuyo fondo de irreparable abundancia todo duerme apresado. La noche de mi cumpleaños me enseñó eso. El primer polvo fue como contraer una enfermedad tropical, fue todo tan precipitado y enajenado que mi cuerpo entero se puso verde y lila, febril y dolorosamente pesado. Pero tanto el sexo de la mañana –tras esas horas de espera en la penumbra de la habitación velando un sueño ajeno y profundamente biológico, seminal– como ese anticipado encuentro preparado con criminal esmero, atizado y ejecutado con precisión... me habían removido. Llevaba semanas sintiéndome increíblemente turbada, arrogante. Como cuando te libras de una fiebre que ha durado veinte días y la mujer que te contempla en el espejo ha envejecido y carece de voz, pero ha triunfado, lo dicen sus ojos. No fue el deseo de un hijo lo que me secuestró, sino el deseo de gestarlo, de que la vida me pasara a cuerpo través. Para logarlo, debía desenjaularme. Como si la única manera de continuar fuera la huida. Como si no hubiera salvación, sólo la lana fósil del pasado.

DOS

El albergue era una casa baja de piedra gris y tejado de pizarra. Sus paredes eran tan gruesas que cada vez que entraba o salía pensaba en un mundo cubierto de nieve, en inviernos de carreteras cortadas. No supe nunca cuántas mujeres lo regentaban. Serían tres o cuatro, todas de idéntica edad y complexión, canosas y con gafas de pasta, vestidas de colores de monja de paisano. Quizá sí que fueran monjas, y el hecho de compartir su fe en un lugar aislado las había acercado tanto que el parecido entre ellas era el de auténticas hermanas. Tenían nombres antiguos de esos tan largos que invitan a utilizar abreviaturas de todo tipo. Y siempre sonreían como si conocieran las mayores intimidades de las vidas ajenas y hablasen de ellas con el pensamiento en una suerte de exclusiva relación telepática entre ellas. Pagué otro mes de cama para poder buscar casa y trabajo con calma.

Septiembre de albergue. Buen mes para los excursionistas, ni frío ni calor. Mi habitación tiene dos camas y casi siempre duerme alguien en la otra, por lo general una única noche, y a veces dos seguidas. Reparo en que la proximidad de la montaña me impacienta. Bosques y piedras me hacen sentir viva, increíblemente corpórea; mi cabeza está integrada en mi cuerpo y los pensamientos que vierte en él alcanzan, rojos de sangre, cada cavidad y cada esponja convertidos en gritos. Toda yo soy instinto sin tamiz, como un gamo o un jabalí. La carne me llama y me azuza para que me acueste con otra persona. A la hora de cenar, mientras apuro las alas de pollo, paso revista a mis compañeras sentadas a la mesa. La mayoría posee un motivo de peso para ser deseada: pelo revuelto, hombros huesudos, brazos arañados. Cualquier rasgo las hace especiales. Todas me sirven. Una noche tomo café con una chica gallega, sentada en un raído sofá frente a la chimenea. Hace poco que conozco el fuego de verdad. Las llamas son tiránicas, de repente te abrasan, y si te apartas de ellas te condenan al helor. La gallega y yo tenemos las mejillas encendidas y el café nos hierve por dentro. Salimos a la noche, al reino de las estrellas y las masas negras. El prado frente al albergue es un oso dormido. Parece que todo nos respire. Nos sentamos en el tronco donde los excursionistas se atan las botas por la mañana. Me pide un cigarrillo y se lo enciendo. Hablamos de nuestras vidas. Está haciendo el Camino de Santiago al revés y dice que quiere llegar hasta una pequeña aldea de Aquitania. Tiene los pies destrozados, pero el resto de su cuerpo se halla en perfecto estado. Su cara ojerosa, de quien lleva semanas pasando apuros, le brinda un aire intelectual muy atractivo. Aprovecho un silencio para darle un beso. Me lo devuelve y, al terminar, me rechaza. «No soy lesbiana», dice. Y se va. Regreso al albergue y busco la compañía del fuego.

Tengo un coche de segunda mano, un Peugeot obsoleto del tamaño de una cajita de huevos. Lo compré a un desconocido por dos mil euros: no podía irme de Barcelona en bicicleta cargada con mis bártulos ni hacer el viaje en tren y quedarme colgada en una estación rural olvidada de la mano de Dios. El Peugeot es rojo y no cierra bien, pero corre como un demonio y tiene los papeles en regla; no necesito más. Paso la primera semana de albergue peregrinando de pueblo en pueblecito, visitando agencias inmobiliarias que casi siempre consisten en un pequeño despacho contable al que payeses y ganaderos llevan sus documentos y donde suele haber un archivador con un listado de casas y masías en venta o alquiler. Descubro el mercado inmobiliario bipolar: los alquileres de las casas rehabilitadas no sólo son prohibitivos, sino insultantes; por un precio asequible sólo puedo alquilar una ruina, y con la condición de reconstruirla yo misma. No me lo creo. La segunda semana estoy nerviosa y tengo miedo. Cada día me veo obligada a desplazarme a municipios más alejados y, por si eso fuera poco, las carreteras siempre terminan en un tortuoso camino de tierra. Aprendí a conducir a los dieciocho, pero no he practicado mucho y ahora me siento insegura: el Peugeot parece inofensivo, pero en cuanto rozo el acelerador, huye de mis pies. Me espabilo para ser sutil con el pedal derecho y obtusa con el del centro, cambiar de marcha a todo trapo, anticipar las curvas, dominar el volante. Acelero, freno, cambio de marcha, cuando veo venir un camión de cara, me lanzo a la cuneta, enciendo un cigarrillo, se me cala el motor. Arranco, miro el retrovisor, acaricio el acelerador, se me cae el mapa, me cago en todo. Y mientras tanto y sobre todo, tengo miedo: miedo de otro camión, de los precipicios, de los tramos señalizados con precaución, de los tractores que circulan a diez por hora y hacen gestos para que les adelantes, de los ratones detenidos al pie del bosque dudando de si cruzar o no. Y me percato de un hecho intrigante: los coches limpios corren el doble. Quizá vengan de lejos y lleven mucho retraso, quizá la limpieza sea la raya perfecta de los espíritus vulgares, los ganadores. Me prometo a mí misma que permitiré que el Peugeot se ensucie hasta haber aniquilado su orgullo de corredor.

Ando por el bosque. No lo había hecho nunca y me engancha. Empiezo dando paseos breves antes de cenar y al cabo de unos días dedico a ello tardes enteras. Salgo del albergue con un jersey grueso y las manos en los bolsillos, y tomo el camino trasero. Es ancho, de piedrecitas y tierra oscura como el café. Los días de cielo luciente parece que el sol lo busque para producir espejismos en él. Aparece gente inexistente, figuras que bien podrían ser personas vistas a través de una columna de humo o un salto de agua. Son inalcanzables, andan siempre delante de mí, al mismo ritmo. Si las miro de hito en hito, adelgazan y desaparecen. Pero vistas de reojo son muy reales, seres dotados de cuatro extremidades que devienen caminantes como yo. Cuando llegamos al bosque, desaparecen entre los árboles. El bosque. La primera vez que me interné en él me sentí amenazada. Aunque el tramo de camino entre el albergue y el bosque discurre entre frondas, es fácil saber dónde empieza el bosque en sí. Lo hace cuando empiezo a notar que los árboles hablan de mí entre ellos en una lengua que se me escapa. Las colonias me inquietan, ya sean éstas de personas, animales o plantas, y es sospechoso que tantos árboles hayan decidido vivir juntos, aparentemente separados por los troncos, pero entrelazados por raíces y ramas. Y que haya tanta mata desparramada por el suelo. Tanta hoja desconocida. Tantas sombras, tantos silbidos y gorjeos, tanta verosimilitud. De vez en cuando, atravieso cápsulas de silencio y siento que he entrado en casa de alguien que me mira y, si quisiera, podría ejecutarme. El bosque tiene manos y tapa mis ojos. Hace que gire sobre mí misma hasta que me mareo. Me atiza para que corra, me araña, hace que me caiga. No me había caído nunca tanto. Tropiezo con raíces fuera de lugar, tropiezo con piedras camufladas, introduzco el pie en agujeros y me tuerzo el tobillo antes de caerme de nuevo. He besado la tierra cien veces, tengo la barbilla pelada. Lo paso mal y, a la vez, me exalto. Me encanta esa sensación: el corazón aprieta el gatillo y dispara.

Concluye septiembre. Octubre empieza con una semana de tormentas continuas que me obligan a permanecer en el albergue. No tengo la menor intención de conducir el Peugeot por carreteras inundadas, no me fío. Me aburro y me pongo a leer una Biblia, una de las dos que contiene una repisa del comedor, y todo el santo día me paseo de un lado a otro con el librote a cuestas como un perro con un hueso. Las monjas sonríen entre ellas más que nunca. Deben de pensar que me han cazado, que la palabra del Señor perfora mi corazón y me gusta oír como me la endosan sermón tras sermón. Avanzo a buen ritmo hasta el Levítico, donde la trama languidece tanto que decido restituir el libro a su lugar. No bien lo hago, un rayo imprime su blancura en todo y se retira brutalmente. Los plomos se han fundido y la tarde es oscura. El albergue no es una casa, es un grupo de personas, sus carreritas, sonidos de abrir y cerrar puertas, zapatos bajando escaleras. En la entrada, alguien manipula el cuadro de luces. «¿Y ahora?». «No». «¿Y ahora?». «No». «Debe de ser una avería». Las monjas sacan quinqués, los llenan de alcohol violeta y los colocan en todas partes. De repente me siento antigua como la Biblia, como una de esas mujeres que viven su menuda vida dentro de una casa.

Agarro un quinqué y subo a mi habitación, me desnudo, me tumbo en la cama y me tapo con la manta, rústica como la de un caballo. Parece que el temporal haya venido a hacerme una visita, intenta entrar con sus silbidos y deja un reguero en el suelo que termina formando un pequeño charco. No está permitido fumar aquí dentro, no sé qué hacer. Me toco. Agarro mis pechos con una mano, los aprieto hasta que se tensan y crecen. La indecisión, el aburrimiento y la inquietud quedan suspendidos en un angosto tablón fijado entre dos paredes a gran altura.

A la hora de cenar, continúa lloviendo. Sentada sola a la mesa con una sopera. Como y recojo los platos, los llevo a la cocina, los friego y los aclaro. El agua del grifo sale tan helada que fija el jabón en la porcelana. Lo hago lo mejor que puedo, acompaño la espuma con el estropajo, hago que avance por el fregadero. Cuando termino, tengo los dedos rojos e insensibles como cuchillos. Me siento frente a la chimenea y tiendo las manos. El dolor sube por mis muñecas y aguijonea mis hombros. A continuación, alcanza mi cabeza, tan curtida en paliar tormentos que queda noqueada por el poder de los elementos sobre la carne.

Al día siguiente, el sol resplandece como nunca, sería capaz de romper los cristales y agujerear el suelo. Me levanto, me visto. En la cama contigua duerme alguien que ha llegado en una noche de temporal como un mendigo o un príncipe robado. Bajo a desayunar. La larga mesa está puesta de un extremo a otro. Las monjas sacan termos de café, panecillos calientes, lecheras. Las ayudo a repartir los botes de mermelada y jalea. Están contentas, les gusta tener la casa llena, eso las hace mucho más necesarias que cuando rezan. No tardan en oírse voces, ruidos en la escalera, palabras que no alcanzo a distinguir. Aparece un tropel de hombres que se sientan a la mesa conmigo y me dicen: «Guten Morgen». Son altos y barbudos, y visten una extraña mezcla de ropa técnica y calzones antiguos. Tienen la frente ancha, la piel tostada, los ojos del color de un angosto cielo de montaña. Parece que hayan nacido para estar juntos, para dar sentido a la expresión «orilla orográfica». Trago mi café con leche, agarro un panecillo y me largo. Tanta vitalidad, tanta musculatura hambrienta, anhelante de moverse sobre roca, repartiéndose la comida, me ha puesto nerviosa. Fuera, el resplandor del Peugeot me agrede. Son las ocho de la mañana, demasiado tarde para los alpinistas, que habrán llegado al alba. Hoy no escalarán el pico más alto, reconocerán las cotas bajas, se acostarán temprano, se levantarán a las cuatro y media y encontrarán la mesa puesta y el café caliente. Me gustaría ser como ellos, venir de lejos y sentarme a esperar.

He encontrado casa. Bajé al pueblo y abordé al hombre del bar: «¿Quién puede alquilarme una casa por aquí?». Me contestó que regresase a media mañana, hacia las once. En lugar de ello, pedí un quinto, un bolígrafo y un bocadillo, y me senté a hacer crucigramas. Al cabo de una hora, entró una mujer que traía el pelo ondulado por haber dormido con rulos y un abrigo de visón. Un anciano tocado con una boina se agarraba al asa de su brazo. No sé por qué miré al camarero, que asintió con parsimonia. La mujer ayudó al anciano a sentarse en una silla y pidió dos cortados, el de ella con un chorro de Cointreau. Esperé a que los hubiesen tomado para presentarme. Tras hablar con ella unos minutos, hicimos un trato. La mujer dice que se trata de una casa antigua, pero entera, ubicada en una lomita aislada. Es la masía del anciano, que ahora vive con ella en el pueblo porque allí ya no puede. El anciano asentía con la cabeza, luciendo ojos carnosos por las cataratas y labios marrones por el cortado. La mujer dijo que no pensaba hacer nada con esa casa, pero que si al anciano le parecía bien, ella cobraría el alquiler y ellos podrían comer fuera con mayor frecuencia. El anciano aceptó y yo también, el alquiler es bajo. Luego la mujer dijo que desde el pueblo hasta donde el pastor hay diez o doce kilómetros asfaltados, y desde allí hasta la casa, tres kilómetros cuesta arriba por un camino de carros que es necesario ir reparando, pero ahora es transitable. Dijo que ese camino conduce a una ermita, cuya llave yo custodiaré por si algún excursionista desea visitarla. Me siento de maravilla. Pago el almuerzo y los cortados y, una vez fuera, me apoyo en el capó del coche y dejo que el sol me encienda mientras fumo el cigarrillo del cálculo.

Cenamos a las siete y media. Desde que llegaron los alpinistas, las raciones no sólo son abundantes, sino que además aparecen quesos, embutidos, bandejas de patés y guarniciones. Siento que asisto a un banquete ofrecido a una tropa enemiga para evitar un saqueo. Mientras cenamos intento adivinar cuál es el mío, el que duerme en la cama contigua. Cuando me levanté, aún dormía y apenas pude verle la cara. Los ojos azules y las barbas quemadas de los hombres sentados a la mesa hace que, como los pájaros, se parezcan entre ellos. Los hay jóvenes y más mayores, pero en el fondo todos me sirven. «Todos me sirven», palabras con las que me embisto y debo soportar. A media comida ya no puedo más, pierdo el apetito, me quedo con una salchicha a medio masticar y siento que mi cuerpo, inmóvil por fuera, contiene un hipódromo. He llegado al punto de que ya no sé qué quiero, pero sí qué necesito. Ahora mismo me basta con un ejemplar cualquiera de mi propia especie.

Salgo de la ducha. Me he enjabonado a conciencia, ahora huelo a limpio y tengo la piel suave al tacto. Me envuelvo en la toalla y regreso a la habitación. No enciendo la luz. El alpinista está en su cama y respira sin hacer ruido. Pienso en las monjas y en la esposa del alpinista, en sus hijos de seis y diez años. Mis pensamientos son imágenes, ideas aberrantes. Dejo que mi toalla caiga al suelo y me introduzco en la cama del alpinista. Mi cuerpo piensa por mí, siento que resbala empujado por la fuerza de mi coño. Soy un gran músculo repleto de líquido, agarrotado por fuera. Una duda sólida. La prisa del resucitado. No doy tiempo al alpinista, clavo mis pechos en su espalda, suspiro, dirijo mi mano a su paquete y sólo se me ocurre decir una cosa: «Guten Morgen». Se tensa y detengo la mano, respiro sin respirar. Unos segundos después, una gran mano agarra la mía y la mueve. Es como si hubiera estado colgando de un precipicio y hubiera encontrado una grieta donde afirmar un pie. El pene crece, la manta parece tapar a un animal herido que se lamenta y se remueve. Respiramos con dificultad, como en una cueva. Lo monto. Soltamos gemidos, palabras mutiladas como las de los sordomudos. El silencio acoge los sonidos de ese amor extraño y los integra en sus armarios, los guarda. Me excita tanto no saber nada de él que me doy dos veces. Y mientras me doy, me descubro adulta, magnífica y solitaria. Como si no me importase vivir y extinguirme. Como si al andar abriese un camino tumbando árboles.

Lo supe nada más verla, pasada la última curva. Ésta es mi casa, Cal Llanut. El Peugeot está exhausto. Si fuese un animal, caería al suelo resoplando. Tres kilómetros cuesta arriba por un camino de carros, plagado de piedras, baches y surcos. Curvas destinadas a ser tomadas a lomos de un asno y, en algunos tramos, despeñaderos a un palmo de unas roderas que me han hecho derrapar. Salgo del coche sudada y tengo el corazón a mil. Es la primera vez que me tiemblan las piernas. Sostengo las llaves de la casa y la ermita en una mano, y un sencillo contrato en la otra. Y eso es enorme. Llegar hasta aquí arriba es pisar una palma gigante y acceder a la inmensidad. Y no sólo por la cuadrada masía, pintada de blanco, con su cobertizo adosado. No. También el terreno es enorme. El cielo sobre mi cabeza, descomunal. El paisaje se desploma donde termina el campo, vacío de todo, se hunde como si lo hiciera en el mar, porque no reemerge y se reinicia sino mucho más allá, donde se yerguen montañas azules que parecen continentales. Viviré aquí arriba, agarrada a esta roca como una raíz, chupándole el alimento hasta gastar cada uno de mis dedos, cada uno de mis dientes, todos y cada uno de mis pensamientos.

Tengo comida suficiente para veinte días. Paso horas reparando el camino con unas herramientas que he encontrado en los establos, viejas herramientas dotadas de relucientes mangos de madera pulida a fuerza de vidas. Las hay en abundancia, de formas y medidas diversas. Desconozco sus nombres, las he clasificado en azadas y palas. Tengo ganas de ordenar la casa, pero el camino es prioritario. Paso tres días cavando la tierra amarilla. Aliso bultos y relleno agujeros. Al final del primer día, tengo ampollas en las manos y un apetito desmesurado. Hiervo medio paquete de arroz y me lo zampo frente a la chimenea de la cocina, donde no hay fuego alguno porque no tengo leña ni sabría encenderlo. La casa es más grande por dentro que por fuera. Las paredes están sucias, y los suelos, llenos de basura: insectos muertos, briznas de hierba seca, arenisca. Cuenta con seis habitaciones atestadas de camas y cómodas, parece un hotel de western. He probado todos los colchones. Son finos y duros, de lana prensada. Las almohadas están cuajadas de puños y tienen ronchas. Encuentro sábanas y mantas en un armario de tres cuerpos, tan carcomido que no es necesario abrir sus puertas para saber qué contiene. Desde el primer momento supe que las carcomas son las reinas de la casa, que para ellas es un planeta, cuyos muebles son continentes. Dispongo una cama en una de las habitaciones que dan al este. Dejaré los postigos abiertos para que me despierte el primer sol de la mañana. Las sábanas están limpias, pero las mantas no. Despliego un par y las sacudo en el balcón. Polvo, mucho polvo. Como si alguien hubiese metido a un muerto en ellas. Siento el polvo en mis labios. Los lamo y lo siento en el paladar. Siento mi desamparo. Tengo en la boca la historia del sueño de esta casa, de quienes aún descansaban en ella hace cien años. Doy vuelta al colchón, tiendo sábanas que cubro con mantas. Barro el suelo y paso un trapo húmedo por una angosta cabecera y dos mesillas de noche. La deslucida madera, plagada de negros y perfectos agujeritos de carcoma, me parece bonita. Son las narinas de los muebles, imagino una red de alveolos en su interior. Ojalá por la noche oiga el serrado de la carcoma, será buena compañía.

Tardo dos días en descubrir que no hay bañera. Ni plato de ducha. Ni manguera en el cobertizo. No me lo creo. Al lado de la escalera hay una recámara con un váter que consiste en una plancha de madera que tiene una abertura circular en su centro. Debe de dar a un pozo seco. Será un pozo bueno, porque no huele mucho. No puedo arrojar papel higiénico en él, pero no importa, lo arrojo a un cubo y pienso que tal vez sirva para encender el fuego. Recorro la casa con una sonrisa incrédula. En alguna parte habrá un lavabo, un baño. Pero no. Bajo a los establos, entro en todas las habitaciones, busco una puerta camuflada que no corresponda a un horno o un leñero. Subo al desván, donde pensaba encontrar un montón de trastos en lugar de esa desolada nada, ese costillar de vigas cuajadas de ganchos vacíos. Inspiro a fondo, como si ese gran secador aún se hallara impregnado con el aceite de las butifarras, las cebollas y los jamones que debieron de colgar en él a lo largo del tiempo. Una ringlera de rendijas en las paredes favorece la ventilación y no huelo nada, ni a longaniza ni a humedad, ni siquiera a viejo. Echo un vistazo rápido y nada.

Sólo un constante, tenue y frío airecillo que lo seca todo. Bajo de nuevo y pienso en el anciano del café, último habitante de esta casa. Quizá sólo se lavara de vez en cuando. A pedazos. Con una esponja o un trapo, como los enfermos en los hospitales. Hoy los brazos, mañana la cara, pasado mañana las axilas o el culo. En Navidad, la calva. En verano, los pies. Seguramente, en el fregadero de la cocina. Con ese chorro de agua que cae sin presión, siempre helado, y que en invierno debía de causar sabañones. No sé por qué, en lugar de estremecerme, me emociono. Me gusta. Una casa sin cuarto de baño. Una especie de pocilga. Me gusta la obligación de centrar mi cabeza en cosas importantes. Que la necesidad de una bañera expulse pensamientos banales. Me dirijo de nuevo a los establos. En uno de ellos, que contiene un fregadero de piedra, me ha parecido ver un gran barreño. Pesa como un muerto, pero lo empujo escaleras arriba y lo introduzco en la cocina. Será de hierro o de un metal antiguo, se me ocurre que quizá de cobre o zinc. Está repleto de telarañas, sucio por fuera y deslucido por dentro. Caliento agua en un cazo y limpio el barreño con una toalla vieja y algo de lavavajillas. Descubro los roblones de sus dos enormes asas, que, bien frotados, tiran a dorado. No queda impecable, pero sí bastante limpio. Me quito las chirucas y me introduzco en él. Podría decirse que quepo, sentada y doblando las rodillas, pero quepo. No podré llenarlo con más de un palmo de agua si no quiero que rebose al meterme, pero servirá. Estoy tan cansada y a la vez tan satisfecha que decido estrenarlo en el acto. Pongo agua a hervir en una olla grande y, cuando lo hace, la vierto en el barreño. Añado agua fría hasta que adquiere la temperatura adecuada. Me quito la ropa sucia con la que he estado cavando durante dos días y me introduzco en él. Oh. Oh, oh, oh. Me he escaldado la piel del ano, que enseguida se vuelve insensible. Con un pequeño cazo recojo agua, que luego echo sobre mi cabeza. Estoy tan sucia y polvorienta que me siento impermeable. El agua resbala por mi pelo y se disemina por mi cuerpo dejando en él regueros de barro. Qué placer. Qué placer más extraño. No puedo dejar de regarme, es como si mi cuerpo se hubiese convertido en tierra y procediera de la sequía y el hambre. Abro la boca, la lleno de agua que trago y escupo a la vez. He olvidado el champú en el albergue, me lavo con un chorro de detergente. Enjabono mi pelo y froto mi cuerpo usando un calcetín sucio como manopla. A continuación decido frotarme con los dos calcetines para que éstos también se laven. Una espuma gris sube por mi vientre. Me sorprende ver algo tan brillante y reciente sobre mi piel. Intento aclararme echándome agua sucia y jabonosa, sin mucho éxito. Cuando me levanto para salir, me escuecen los ojos y el coño. Me los aclaro con agua del grifo y corro a buscar una toalla y el pijama. Dejo una estela de agua que parte de la cocina, atraviesa el comedor y alcanza la habitación del fondo. Me seco el cuerpo y el pelo y es como si los barriera con la toalla. Cuando termino, mi piel está tan enrojecida que chilla.

Caigo sobre la cama y río, increíblemente satisfecha. Me siento limpia, limpia como nunca. Como debe de sentirse cualquiera tras salir de un vientre, tras ese primer baño.

No tengo dinero ni trabajo, pero poseo media docena de gallinas y un saco de maíz partido. Como huevos en cada comida. Las gallinas, que más que gallinas parecen loros de cuello largo, son pequeñas y su plumaje se halla salpicado de tinta negra. Las encierro en un corral que abro por la mañana. Campan todo el día, descostran la tierra con sus espolones, hurgan en la hierba con sus picos y dan saltitos como pequeños dinosaurios. Cuando el sol declina, entran en fila a recogerse en el corral y cada una ocupa su rincón entre los rastrojos como una sociedad organizada. El pastor me las regaló hace quince días, junto con el saco de maíz partido. El pastor es mi único vecino. Vive al pie de la carretera, donde empieza el camino de carros. Su casa no termina nunca. Dice que hace doscientos años aquello era un hostal. La gente bailaba sobre el entarimado de la sala grande, en la primera planta. Aparcaban sus mulas debajo. Y en las habitaciones había putas. Me gusta el pastor. Es bajo y rechoncho. Tiene mejillas curtidas y brazos manchados de sol hasta la raya de la camisa, desabotonada en el cuello y arremangada en los bíceps. Tendrá sesenta o sesenta y cinco años. Tiene dientes como de sílex, amarillos y despuntados. Anda con los pies abiertos hacia fuera, arrastrándolos, pero a paso ligero, como queriendo engañarme. Sus manos son herramientas. Sus negras y largas uñas, acero. Le gusta darle al palique. De vez en cuando, aparece con su rebaño de quinientas ovejas y las pone a pacer delante de mi casa y en los larguísimos bancales traseros. Pacen y defecan. Mi casa se halla permanentemente rodeada de cagarrutas de oveja, no hay un rinconcillo donde tumbarse a tomar el sol. Impensable pedir al pastor que vete una zona, en la montaña el territorio pertenece a la vida, y la vida son los animales. Los humanos sólo sirven para guiarlos y aprovecharse de ellos lo justo para vivir. El pastor nunca quiere nada, ni comida ni agua. Lleva una botella en el zurrón y no necesita comer hasta la hora de cenar. Se sienta en una roca, y su perra, que es blanca y tiene muy mala leche, se tumba a sus pies. Fumo apoyada en la pared, esquivando los colmillos de la perra, que se empeña en comerse mis chirucas, y hablamos de esto y lo otro. Dejo que sea él quien dirija la conversación, no quiero parecer de ciudad y hacer comentarios idiotas. Callo y voy diciendo que sí y que no, casi siempre dándole la razón. Parece que de vez en cuando le hago reír, porque alza la cabeza y me mira divertido con ojos de un fresquísimo azul. Ojos de rapaz que me sorben.

Se acerca el invierno y he decidido elaborar una lista. Aquí el invierno exige anticipársele, pensar bien en él. En la actualidad, aún puede uno morir de un mal invierno, y eso sería mucho más estúpido que morir atropellado. Tras interrogar al pastor, tengo claro qué necesito: tres toneladas de leña, cuatro bombonas de butano, un saco de treinta kilos de harina y otro de patatas, un par de garrafas de aceite, una docena de garrafones de vino y dos paquetes de sal. Lo suficiente para sobrevivir durante los meses más fríos si el camino se hallara cortado por la nieve o el barro. No ha nevado nunca tanto, y si lo hiciera, el pastor dice que vendría con el tractor a traerme lo que hiciera falta. Me divierte enormemente abastecerme de todo. Y deseo un invierno duro, tormentas siberianas, que los caminos se vuelvan intransitables hasta para los tractores. Tardo una semana en tenerlo todo. El leñero está repleto de troncos enormes que me servirán para la chimenea, pero tendré que partir algunos con el hacha para que quepan en la estufa del comedor. Tiro del saco de harina escaleras arriba hasta la cocina y guardo el de patatas en uno de los establos, junto con el aceite y el vino. De trecho en trecho, cuando entro o salgo de casa, asomo la cabeza a ese establo y prendo la luz. La bombilla pelada del techo ilumina mi despensa. El aceite es dorado, el vino está compuesto de rubíes. La llamo la habitación del tesoro. Con frecuencia pienso en ella cuando me acuesto. Recuerdo cuanto tengo y no sé qué siento, porque me viene a la mente la palabra «espíritu».

He encontrado trabajo de camarera, los fines de semana, en el bar de la plaza. Una mañana pasé por allí a preguntar y accedieron. No me pidieron nada, ni currículo ni documentación. Sólo mi nombre de pila y el de la casa. Desde entonces me llaman por el de la casa. Me llamo Llanut. Y no tengo contrato ni horario. Llego a la hora de abrir y me marcho a la de cerrar, que siempre depende de la clientela. Tiene una terraza que se llena de forasteros, familias que vienen de lejos para pasar aquí dos o tres días. Gritan y ríen alto, como si pudiesen colonizar el espacio con su voz. Y son peligrosos: detienen su coche en las curvas para fotografiarse con las vacas. Cuando llegan, las mesas son para ellos. No está escrito en ninguna parte, pero un acuerdo tácito parece relegar a la clientela habitual a los taburetes de la barra. Me harto de servir cafés, bocadillos, cerveza. Aquí, ejercer de camarera significa ser hija de la casa: apenas franqueo la puerta, me preguntan si he desayunado y me preparan una butifarra tanto si lo he hecho como si no. Lo paso bien, sobre todo gracias a la complicidad que se establece con la gente de la barra. No se cansan de contar chistes sobre los de fuera, y eso hace que me sienta como uno de ellos. Así transcurren los fines de semana. Y, poco a poco, voy reparando en que los ceniceros de cristal del interior del bar se llenan mucho más que los de fuera, donde, además, los dientes son mucho más blancos.

El pastor es un buen hombre, se habrá percatado de que las paso canutas, porque me preguntó si podía acudir a su casa dos o tres veces por semana, cuando me convenga, a limpiar. Acepté, claro, y es que con mi sueldo de camarera ocasional apenas alcanzo a pagar el alquiler. Por las mañanas, él siempre está allí, atareado con las ovejas. Básicamente remueve mierda: barre excrementos, los carga en la carretilla y los arroja al estercolero. Hará diez o doce viajes cada mañana como mínimo. De hecho, la casa entera apesta a mierda. Al principio me daban arcadas, pero unos días después ya no percibía el hedor. No he trabajado nunca como mujer de la limpieza, pero conozco los principios básicos de la higiene: se barre desde arriba hacia abajo y desde dentro hacia fuera, se friega con la bayeta bien escurrida y se quita el polvo con un trapo húmedo, los plumeros no hacen sino esparcirlo. Existe un producto barato y útil para todo: el vinagre. Todo el resto, los productos específicamente antical, los espráis antigrasa, la lejía, los detergentes líquidos o en polvo, los limpiacristales y los limpiaváteres… todo eso son estafas. Me lo dijo la hermana del pastor, que vive en el pueblo y hasta hace poco iba de vez en cuando a verle para ordenarle la casa. Añadió que se alegra de haber dejado de ir, que prefiere que sea él quien venga a verla al pueblo los domingos. Y que tendré que esmerarme mucho. «Las masías donde vive un hombre solo son un nido de porquería», dijo. Luego fue a hablar con él para aconsejarle que no me pague mucho.

He decidido que no esperaré a necesitar pan para amasarlo. Lo haré siempre. Soy feliz pensando que no tendré que ir más a la panadería. El verbo que me libera podría ser «prescindir». No he hecho nunca pan, pero no será difícil; vierto agua y harina en un cuenco, añado un chorro de aceite y una pizca de sal, y me pongo a amasar. La masa es espantosa, parece chicle. Añado más agua y empeora. Echo más harina y parece que gana. Cuando empieza a despegarse de mis manos y a formar una bola, la extiendo sobre la encimera y la mareo un buen rato. Para ser la primera vez que amaso, tengo la impresión de que me sale solo, como si esa habilidad, perfeccionada por mis antepasados, hubiese quedado fijada en mis genes. Extiendo la masa, la aplano, la recojo de nuevo, la golpeo. Tiene muy buena pinta y me divierte trabajarla. Cuando me canso, la divido en cuatro porciones y doy forma a los panecillos. Son bonitos, todos con esa cruz que he grabado a cuchillo en su parte superior. A continuación, los introduzco en el horno y espero. Un cuarto de hora, media hora, una hora. No crecen. Los tapo con papel de plata para que no se quemen y espero media hora más. Finalmente, los saco. Son chatos y enfermizos, parecen hostias primitivas. Pero huelen bien y decido comerlos en el acto. Parto uno sin saber que el pan no se come caliente. Sabe asqueroso, porque no entiendo de proporciones, porque le falta sal y le sobra cocción. Porque no se me pasó por la cabeza añadir levadura a la masa y dejar que creciera. He cocinado un pan ácimo, el peor de los panes ácimos posibles, un castigo tanto para el paladar como para los dientes. Un pan terrorista que tengo que masticar y ablandar un buen rato para poder tragar. Dos horas después no queda ni una miga. Mi primer pan puede haber sido un fracaso, pero me lo he comido. Por tanto, ha sido un triunfo.

El pastor tiene dos escobas, la de casa y la de abajo, que lo mismo sirve para la entrada y el primer tramo de escalera como para el redil. De hecho, no son escobas, sino viejos y gastados legados de su madre. La de abajo, de brezo, apenas conserva cuatro ramas. Le pregunto por los trapos, los palos de fregar, los cubos. Agarra un saco de pienso vacío y lo desgarra. «Aquí tienes los trapos –dice–, y puedes usar la herrada de ordeño». Me mira como si estuviese haciéndole perder el tiempo, como si limpiar la casa no fuese un trabajo de verdad para el que hicieran falta herramientas. Le digo que ni hablar y me marcho al pueblo, a un pequeño súper donde tienen de todo. Los envases del siglo XXI amontonados en esas estanterías de hierro, propias de un súper de los años setenta, se me antojan extraños, aunque los productos en sí no han cambiado mucho. Agarro un cubo, un palo de fregar, dos escobas, un recogedor, estropajos, trapos, guantes y bayetas. Además, bolsas grandes de basura y un garrafón de vinagre. Pago al contado y dejo el recibo. Meto la compra en el coche y conduzco con un palo de escoba clavado en la costilla. No importa; me siento profesional, inteligente, en cierta medida, austera. A mi regreso, me encuentro con que el pastor se dispone a preparar su almuerzo. Se detiene un momento para ayudarme y lo dejamos todo en la sala. Está cuajada de puertas y hace las veces de distribuidor, pero es lo bastante espaciosa como para haber sido una sala de baile. El suelo ya no es de madera, sino de baldosas granates. Una larguísima mesa formada por tablones y flanqueada por dos bancos se halla arrimada al balcón. Cabrán veinte o treinta personas en torno a ella. El pastor dice que para la matanza del cerdo viene tanta gente que falta sitio. En la cocina hay una mesa similar, aunque más pequeña y pringosa, además de una chimenea de piedra cuya campana está toda negra. Me invita a almorzar. Saca costillas de cordero de un congelador que se abre como un ataúd y se pone a freírlas en una sartén. Me pide que vaya por un par de cebollas. Al fondo de la penumbrosa sala, otra mesa, circular y con marquetería, pensada para embellecer un comedor convencional, hace las veces de despensa. El pastor va al mercado los miércoles. Compra cebollas, tomates, patatas y conservas, y una vez en casa lo deposita todo sobre esa mesa. Se ve que en verano, cuando los tomates están maduros y sacan jugo, la madera se ampolla y la marquetería se mancha. Creo que le echaré un buen chorro de vinagre. Almorzamos en la mesa de la cocina, que conserva la mugre de todas las comidas del mundo. El estercolero está justo delante de la casa, lo veo por la ventana mientras como las costillas, que están buenísimas, pero tienen un extraño resabio, el de la mierda que impregna mi nariz y lo empalaga todo. Cuando terminamos, recojo los platos y los llevo al fregadero. Le digo que empezaré a limpiar ahora mismo, que mire la hora. Dice que espere, que suele tomar un nescafé y tiene algo para mí, una sorpresa. Dejo los platos, me siento a la mesa y enciendo un cigarrillo. El pastor trae los vasos, el café en polvo, un paquete de azúcar y un cazo de agua hirviendo. Sale de la cocina. Voy a por cucharas y preparo mi café. Al cabo de medio minuto, oigo que regresa: pesará ochenta o noventa kilos y la estructura de las vigas se resiente y retruena con cada uno de sus pasos. Trae una caja de lata en las manos. Me la echa sobre la mesa como si echara un cabo de longaniza a la perra. No, no es una caja de lata, es de cartón, pero luce los elegantes dibujos de una lata de galletas. «Yo no como esa porquería, pero a las mujeres os pirra». Es habitual que el pastor me tome como excusa para generalizar sobre lo que sea. Lo mismo sobre las mujeres que sobre los jóvenes o la gente de ciudad; «los del charco grande», nos llama. Al principio yo no entendía eso del charco grande, y él me aclaró que se refería al mar. ¡Ah! Barceloneses, lisboetas, dublineses, bostonianos... ¡la gente del charco grande!

Las galletas son rocas de almendra con hilos de chocolate y están deliciosas. Deben de ser caras y me fastidia que me gusten tanto. Vaya con el pastor. Insisto en que coma una, pero dice que no, no quiere que se le pudran las muelas. Le digo que ya debe de tenerlas podridas. Dice que sí, pero está orgulloso de conservarlas todas, y eso que no ha ido nunca al dentista. Entonces me explica su método y yo me postro a sus pies. Cuando la muela aguijonea como el demonio, cuando la mejilla está hinchada como la de un cerdo y el dolor es un metal candente que golpea por dentro, ha llegado la hora de matar la pieza: hay que tomar de la chimenea un rescoldo, una pequeña brasa aún encendida, e introducirla en el agujero de la muela, de este modo su alma muere y el diente queda soldado al hueso para siempre. Me lo dice tan tranquilo y con los ojos centelleantes; me quedo sin palabras. Pienso en el afiladísimo chillido del nervio cuando la brasa lo cauteriza, pienso en la ausencia de anestesia –el invento que más valoro de mi época; ni la lavadora ni el automóvil: la anestesia– y, a la vez, un instinto en mi interior responde con fuerza a la llamada: yo también quiero ser así, parecer normal y ser salvaje, comer galletas y no tener cepillo de dientes, cortar carboncillos perfectos como diamantes y encastrármelos en las muelas para proclamarme reina.

Vivo con un perro. En realidad, él se ha instalado a vivir conmigo. Llegó una noche. Yo estaba amasando pan, y oí que tocaban a la puerta. Toc, toc. Era extraño, porque el sonido procedía de la puerta de la cocina que da al cobertizo, donde guardo la leña y tiendo la colada. La pared del fondo está un poco derruida, pero hay que ser muy flaco y obstinado para poder colarse por uno de sus boquetes. Toc, toc. ¿Qué hago? La duda me desasosiega, pero no puedo hacer un agujero en la masa de pan e introducir la cabeza en él. ¿Quién llama? Mi voz suena frágil como la de una abuela que vive sola, la de Caperucita. Toc, toc. ¡Hostia puta! Corro a mi habitación, pillo el garrote que guardo junto a la cabecera de mi cama y regreso a la cocina pensando en el psicópata que me espera y en qué parte del cuerpo debo golpear primero. ¿Cara o testículos? ¿Testículos o garganta? Me criaron así, siempre dispuesta a asumir el papel de víctima. Quito el cerrojo y abro la puerta completamente fuera de mí, blandiendo el garrote. Y nada. Es un perro. Un perro feo que ha aprendido a llamar a la puerta con su rodilla de perro o como se llame ese pedazo de pata con que lo hace. Entra sin mirarme y con la cabeza gacha, como si llevásemos veinte años juntos y estuviese harto de verme. No es necesario que me aparte, pasa rozándome las piernas, se esconde bajo la artesa y se hace una bolita. Estoy azorada. ¿Será el perro de la casa? No lo creo, pero lo parece. Podría llamar a mi casera, ejercer de detective, llevar al chucho al veterinario para saber si tiene chip y devolverlo a sus amos. Pero no me da la real gana y elijo el camino fácil: tomar al animal tal como viene. Es feo, pero parece educado. Me irá bien un poco de compañía.

Lleno un bol con agua y lo coloco en el suelo al alcance del chucho. Frío unas costillas de cordero lechal y las coloco en un plato que pongo junto al agua. Dar cordero a un perro debe de ser un pecado gastronómico, pero siempre se me ha antojado que eso de los pecados es un asunto relativo, dependen de la poderosa boca que los instaura, aun para quienes recogen la comida del suelo. El pastor me endosa una bolsa de cordero congelado cada vez que voy a su casa. ¡Me sale por las orejas! El perro devora la carne, mastica los huesos, lo traga todo y lame el plato con su lengua pastosa. El plato gira sobre las baldosas y emite un simpático tintineo. Cuando le digo que ya basta, viene hacia mí y se frota contra mis piernas. Tiene el pelo cano y sucio, y apesta a estiércol. Desmonto una caja de cartón y la deslizo bajo la artesa. «Hoy duermes aquí, pasarás por el barreño mañana –le advierto–. Y te llamas Toctoc, ¿está claro?». Me mira con unos bonitos y cansados ojos del color paciente de la melaza, acostumbrados a tomar la vida, también ellos, tal como viene.

El frío llega de un día para otro. Despierto una mañana y el mundo exterior ha sido cubierto de blanco, conquistado. Parece que los tres rígidos y desnudos álamos negros que se yerguen frente a la casa se sostengan solos, que no requieran raíces. El viejo encinar que hay detrás de ellos no tiene hojas, sino ejércitos de pequeños escudos. Me fijo en él y me siento asediada, tengo la impresión de que ese bosque es el responsable de todo: del cielo caído como un gran vientre blanco, de la hierba hirsuta sobre la tierra brillante y del repentino silencio, la plaga del invierno, que arrasa por glaciación. Me visto sin quitarme el pijama y corro a la cocina. Cafetera en los fogones y una misión: encender el primer fuego. Hace un par de semanas entré un montón de leña para que fuera secándose. Órdenes del pastor. Me enseñó a hacer un buen fuego en la chimenea, y lo cierto es que me pareció muy fácil. No requiere una técnica especial ni disponer los troncos de una manera particular ni amontonar piñas y ramitas que arden antes que aquéllos. No requiere papel de periódico ni pastillas de encendido ni soplar las primeras chispas postrada en el suelo como un neandertal. Nada de eso. Lo único que requiere es amontonar tres o cuatro troncos grandes, regarlos con un buen chorro de gasoil y arrojar sobre ellos una cerilla encendida. Así se producen luz y calor. Me enseñó en su propia chimenea y me pareció una genialidad. Me dio un bidoncillo de gasoil de pico largo, idéntico a una regadera. Estaba lleno hasta la mitad, y a partir de entonces era mi responsabilidad cerciorarme de que no me faltase nunca gasoil. Siempre debía llevar un par de garrafas en el coche y llenarlas cuando fuera a repostar. Podía aprovechar los garrafones de vino. Si yo no decía nada, los de la gasolinera harían la vista gorda. No tardé en tener una decena de garrafas de gasoil almacenadas en los establos. Siempre siguiendo las indicaciones del pastor, agujereé los tapones con un taladro para permitir que los vapores saliesen, evitando así una explosión. Dijo que, si hacía eso, podría dormir tranquila sobre esos botijos. Y tenía razón. Cuando me acuesto, más temprano que nunca, pero siempre con el cuerpo rendido, junto a Toctoc, que se enrosca a mi lado, pienso en la casa aislada donde vivo, colmada de cuanto necesito para alimentarme y calentarme, y me digo que mi pasado no significa nada, pero que aquí hay un pasado ajeno donde quedarme a vivir.

He ido a comprar un hacha y han intentado venderme una motosierra. He tenido que ponerme dura. El vendedor ha llegado a palparme los delgados brazos y he estado a un tris de propinarle una hostia. Ha dicho que se atreve a augurar que no aguantaré ni diez minutos con el hacha. Que es una herramienta peligrosa. Que al menor despiste podría perder una pierna, porque, por poca fuerza que tenga, si yerro el golpe, un hacha como la que yo quiero me rebanará un hueso. Acto seguido, el hombre me muestra una motosierra de descuartizador, dotada de una barra de setenta centímetros y una cadena que, si saltase, me cercenaría la cabeza. Me la trae como a una novia y me habla de almohadillas, un silenciador y un estrangulador. Puto psicópata. Le dejo allí plantado y descuelgo el hacha más grande que veo en el expositor. Pesa como un muerto y casi cae a mis pies. Pero ya la tengo; paso por caja, pago los treinta euros y me largo. A la vuelta piso el acelerador a fondo. Cada vez soporto menos salir de casa. Cada vez más, la gente, amenazante, hace que piense en la extinción.

He pasado más de diez horas partiendo troncos con una concentración de neurocirujano, y todo para no sufrir un despiste y destrozarme la tibia. Diez horas repartidas en dos días que me han dejado brazos y hombros incómodamente lastimados y un insoportable dolor de cabeza, como si mi cráneo hubiese encogido con cada hachazo y mi cerebro ya no cupiese en él. La segunda noche, el dolor hace que me sienta como un animal. Paso horas dando vueltas en la cama y acabo agotada. En la boca, un trapo. Pienso que debería tomarme una pastilla, un ibuprofeno o un paracetamol, pero no tengo, no los he necesitado nunca. Mientras que mis compañeras de piso se ponían moradas de antiinflamatorios cada vez que les venía la regla, yo siempre tenía suficiente con un vaso de vino. Lleno hasta arriba y vaciado de un trago. Pero esta noche el vino no sirve, ya me he tomado tres vasos. Me levanto y avanzo a tientas hasta la puerta. Toctoc aprovecha que le abro para largarse. Buscará una cama tranquila donde nadie le moleste. De la pared del cuarto del váter cuelga un botiquín oxidado que luce una cruz grana en su sucia puertecita, una cruz de ambulancia de la primera guerra mundial. Hurgo en el contenido más bien pobre de los estrechos estantes. Un puñado de vendas, una botellita de alcohol y cinco o seis cajas sobadas, manchadas por un antiguo sarampión. No puedo más. Tengo un nudo en la espalda que tira de mí como si quisiera sorber mi cabeza y hacer que me baje costillas abajo hasta la cadera. Trato de entender qué medicamentos contienen, pero carecen de prospecto. No dice «analgésico» en ninguna parte. Me dirijo a la cocina y enciendo el fluorescente. Tiro las cajas sobre la mesa y las estudio de cerca. Todo lleva más de diez años caducado. Supongo que el anciano o la mujer que cuida de él se habrán llevado los medicamentos recientes. Como el dolor me está matando y no puedo quedarme de brazos cruzados, elijo la opción más clara y menos arriesgada, y me llevo unos supositorios de optalidón a mi dormitorio. En la caja dice, en letra pequeña, que alivian el dolor. No sé si lo soportaré, pero opto por ponerme dos. Los saco de su funda y parecen misiles a pequeña escala. Pienso en soldados y me cuadro como uno de ellos. Tomo aire y me introduzco el primer supositorio. Molesta como si en lugar de un misil de juguete fuera un cañón. Aprieto los dientes y me embuto el segundo. Me tumbo en la cama, me tapo, no sé cómo ponerme porque tengo el culo dilatado y todo me duele. Empiezo a gemir en voz alta, a sudar, a pensar en la muerte que lo borra todo. Y muy por debajo del dolor, como en un subterráneo dentro de mí, descubro esa sensación: las ganas de llorar, que no son una única cosa, sino un montón de rocas que deben ser expulsadas. Lo intento en vano. Gimo hasta torcer la boca. Hasta que la voz que emito pone al perro a ladrar. Y nada. Soy una mujer de ojos como tapones. De una aridez más abrasiva que la sal. Sigo gimiendo porque gemir me calma, porque los gemidos, si se prolongan, se transforman en canción. Y transcurren dos minutos o dos horas, hasta que llega ese momento nunca definido en que mi cuerpo calla y puede decirse que ya no estoy en él.

Al día siguiente me encuentro mucho mejor. De hecho, me encuentro francamente bien, como si los supositorios hubiesen echo efecto en mis genes y las pocas horas que he dormido hubieran sido suficientes para transformarme. Me levanto. Pongo los pies en el suelo. Siento que mis tobillos están injertados en ellos, como si en lugar de piernas tuviera patas, soportes descomunales. Toctoc rasca la puerta. Tiene ganas de salir a mear. Alzo los brazos y me estiro. En ese momento reparo en que éste no es mi cuerpo, en que mis endurecidos músculos me han acorazado. Camino y la casa tiembla como si me hubiese vuelto pesada o hecho pastor. Abro la puerta y Toctoc retrocede un trecho. Sólo cuando le hablo se acerca y lame mis dedos. Lo acaricio y bajo a desatrancar la puerta. Fuera, la hierba brillante. La niebla quieta del amanecer. Sigo a Toctoc. Ando en bata y zapatillas. La hierba cruje y en el frío flotan manos. Me gusta la delgada luz a esta hora. No sabría decir si es la primera luz del día o el último resplandor de una farola. Me apetece mucho imitar al perro, así que me arremango la bata, meo en cuclillas y regreso a casa corriendo. No sé qué me pasa hoy, porque frío el doble de tocino, bebo una cafetera entera y tengo ganas de huir de casa. De frotarme con animales.

Crees que vives en el culo del mundo, aislada en tu madriguera en una lomita perdida. El camino que discurre frente a mi casa no conduce sino a una ermita del tamaño de un trastero, carente de la menor floritura o gracia, tan sencilla que parece haber sido fabricada con las piedras sobrantes de la construcción de la masía. Esperas no tener que ver a nadie hasta que lo necesites y seas tú misma quien salga en busca de compañía, pero el hecho es que el sendero es una rambla por la que desfila una extraordinaria galería de personajes. ¿Qué nos pasa a los humanos? ¿No era que habíamos abrazado el sedentarismo hace más de ocho mil años? ¿Qué activa ese instinto de explorador? No tengo la menor idea, pero lo que sí he descubierto, tras muchas horas de observación, es que los fenómenos que llegan hasta casa, extraviados, son gente atípica. Excursionistas extranjeros armados de un mapa donde dice que la ermita es un castillo y quieren fotografiarlo. Les entrego la llave y dejo que se desengañen solos. Ciclistas, corredores, místicos de la montaña, amantes de la noche que traen tiralíneas y juegan con las estrellas. Algunos me piden permiso para acampar cerca de casa y les ayudo a montar su tienda. Son gente que viene de lejos y se marcha al día siguiente, segura de llevarse consigo un tesoro. Pero también existe Montse. Es una mujer joven, quizá tanto como yo. Es alta y fuerte, lleva el pelo rizado teñido de rubio y las raíces muy oscuras. Se maquilla con exageración, viste camisetas ajustadas de colores fluorescentes y mallas negras. Se deja caer por casa cada dos o tres semanas. Dice que cada día sale a andar un poco. Vive a quince kilómetros. Cuando lo dijo pensé que estaba loca. Pero no. Camina y habla raro, como si su cordón umbilical la hubiese estrangulado antes de nacer, y dice pocas cosas, frases breves que suenan sencillas, pero que, si se piensa bien en ellas, son totalmente proporcionadas. Eso posee una gran virtud: hace que no sobren palabras en la conversación. Esa prudencia, más propia de un filósofo griego que de un contemporáneo cualquiera, ha convertido a Montse en mi mujer preferida. Llega sudada, con la cara roja y las piernas incapaces de detenerse. Toctoc me avisa con una batería de ladridos. Asomo la cabeza a la ventana, grito «¡Espera!» y bajo a recibirla con un vaso de agua. Porque ella sale a andar con ropa y maquillaje, y punto. No trae nada más, ni mochila ni gafas de sol ni móvil, que sería muy útil si se rompiera un tobillo en uno de los muchos barrancos por los que salta. Es una fiera. Vive sola y trabaja en una empresa de inseminación artificial. Su trabajo es seleccionar el semen más potente de unos cerdos que no alcanza a ver nunca. Dice que pasa las mañanas pegada al microscopio y, para compensar, necesita dedicar la tarde a perseguir el horizonte. Intercambiamos cuatro palabras, vacía el vaso de agua y sigue su camino, escopeteada. Se esfuma en tres segundos y siempre me deja pensativa, porque me percato de que yo tampoco quiero pasar mi vida mirando por un microscopio, diseccionando una muestra, intentando dar con el mejor camino. Necesito no hacer nada, permanecer aquí.

Empiezo a entender la tirria que causan los del charco grande. Con el gato de hoy, ya son tres los que han sido abandonados cerca de casa. Hay gente que, cuando su gato se hace tan viejo que empieza a mearse encima, ve en las masías de montaña una residencia permanente para su animal. Aparecen los fines de semana, gatos gordos de pelo lustroso y aires de diva castrada. Son unos inútiles, pero se cuelan en casa por la gatera y se comen el pienso de Toctoc. Los gatos no me gustan, no los trago, de ahí que tome medidas drásticas: agarro dos tablas, un martillo y algunos clavos, y tapio su entrada. Gozo de un par de días de tranquilidad mientras ellos se reúnen para decidir cómo putearme. Y cuando menos lo espero, contraatacan. Se han instalado en el cobertizo, donde tienen multitud de rincones donde ocultarse. Un leñero, capazos viejos, bombonas de butano, una pila de sacos de mortero, herramientas de carpintero y albañil, y una nevera rota que nadie ha tenido las fuerzas de sacar de casa.

He intentado que Toctoc los ahuyente, pero cada vez que lo llevo allí y grito «¡Gatos fuera! ¡Gatos fuera!» me mira extrañado, se da media vuelta y regresa a casa con la cabeza gacha.

Cuando ya casi creía que los gatos, no teniendo comida ni la menor experiencia en procurarla, terminarían muriendo o trasladándose, sucede. Un imprevisto, organizado, implacable ataque. Los malnacidos utilizan la única arma que tienen: la orina. Mean en la esterilla de la puerta de la cocina, mean en el barreño de la ropa limpia, en la leña, en los zapatos que pongo a airear. Desgarran las sábanas tendidas con las mismas uñas con que rascan la arena donde cagan y, si pueden, mean sobre ellas. Es la rebelión de los ancianos cuando en la residencia cierran el botiquín y echan la llave al váter. Por la noche, antes de acostarme, mientras alimento la chimenea para que el fuego resista hasta la mañana siguiente, alimento también pensamientos de asesinato. ¿Qué más puedo hacer? Aunque los gatos me gustaran, si adoptase todos los que me imponen, terminaría pareciendo una de esas locas que tienen cincuenta gatos y los llaman a todos por su nombre. Ahora mismo, odio a alguien más que a los gatos: a sus amos y amas, tan humanos, tan sensatos. Los del charco grande, criminales.

Expongo mi problema al pastor, él sabrá qué hacer. He ido a verle casi cada día y nos hemos hecho bastante amigos. Ha vivido solo toda su vida, es un hombre solo dedicado a una tarea solitaria, y siento que le gusta mi compañía. Aparezco poco antes de mediodía, cuando él ha terminado su faena, y almorzamos juntos en la mesa de la cocina: cordero con patatas, cordero con cebolla, siempre cordero. Dice que padece de gota por toda la carne que come y que si sigo yendo a almorzar acabaré como él: le cuesta moverse, y por la noche despierta con la sensación de que los dos dedos gordos de sus pies están a punto de estallar. El dolor nace allí, en el pabellón de los dedos, se abre paso carne adentro y repta hasta las rodillas. La gota es una serpiente que se introduce en las articulaciones y se frota contra ellas para mudar de piel. Y puede hacerlo durante días y noches. A mí todo eso me suena a cuento de la abuela. Le digo que vaya al médico, que le dará pastillas para el dolor. Pero él, nada, ha vivido su vida confiando sólo en sus ovejas, sólo en él. No lo reconoce, pero creo que se siente indefenso en el pueblo. Para él la gente no son personas, sino enjambres, la suma inteligente de bestias nocivas que no serían nada si se contaran de una en una. La soledad no hace inteligente, pero obliga a ser listo y a elegir la vida, impone un amor inmenso, el amor más importante: hacia uno mismo. La enfermedad no me asusta. Necesito pasar horas donde el pastor. He estado viviendo en una ciudad hundida y necesito esto, el reparador silencio de esta cámara de descompresión.

Estamos en el redil. Además de ovejas, el pastor tiene algunas gallinas, un par de gallos cansados de pelearse y siete u ocho gatos que limpian el granero de ratones. Él sólo se ocupa de las ovejas. Las gallinas no tienen gallinero y ponen sus huevos entre las balas de paja. De trecho en trecho nacen polluelos a los que, cuando aún son jóvenes, el pastor retuerce el pescuezo y luego congela. Son tiernos y sabrosos como aves de caza. Le pregunto cómo hace para controlar la población de gatos, ¿acaso están esterilizados? Estalla en carcajadas y golpetea mi frente con su cayado. «Vamos a cazar gatos». Los gatos del pastor son perfectos, ni maúllan ni se arriman a uno, pero por eso mismo es más difícil pillarlos. Si uno trajina, se esfuman. El pastor dice que hay que permanecer quieto. Al cabo de un rato los gatos se olvidan de uno y vuelven a ocupar sus lugares preferidos: las estacas, el muro, el depósito de agua, alturas desde donde dominan su reino mientras se lamen en posturas obscenas. Es el momento de obrar con rapidez. Y lo hace. Y mientras lo hace, yo me desconcierto, porque ése no es el pastor. O quizá sí lo es, y de manera muy clara. Se mueve con agilidad, pero como verdugo, no como persona. Alcanza el muro, de donde en el acto saltan dos gatos. Uno de ellos se escabulle entre las ovejas, el otro pasa por su lado a todo meter, a escasos dos metros de él. El cayado se alza y cae, es como si cobrara sentido tras haber hecho las veces de tercera pierna por la montaña tantas tardes. El gato lo esquiva y desaparece detrás de la casa. La violencia ha originado oleadas que alertan a los otros gatos. Todos se esfuman en un segundo, se mezclan con las ovejas. El pastor los sigue. Las ovejas se ponen a andar en círculo, nerviosas. Balan alto y se empujan. El pastor camina entre ellas como por una plantación. Sus bastonazos son brutales, podrían cercenar patas y me infunden un miedo animal: encontrarme con él un paso más allá del límite donde su casa y mi casa resisten.

Regresa con un cadáver en cada mano, como si nada. Los gatitos son poca cosa sin su alma de gato. Uno de ellos tiene el cráneo destrozado. El otro está intacto. Los arroja a mis pies y caen panza arriba. La piel del abdomen, lisa y rosada como la de un bebé, cuenta con dos hileras de pecas que corresponden a los pezones. Uno de los vientres se mueve como si aún rezumase vida.

No puedo. No, no puedo. No tengo la práctica de haber pasado mi vida en la montaña, de haber crecido jugando con hondas, mutilando lagartijas, derribando ruiseñores, cazando perdices de valle. No puedo matar gatos a garrotazos, por eso dedico tiempo a pensar, debo concebir un plan. Invierto un par de mañanas en espiarlos por el ventanuco de una habitación que se abre al cobertizo. Pasan buena parte del día tumbados, fingiendo dormir. De vez en cuando, se levantan y mean en la puerta de la cocina. Uno ha tenido suerte, ha cazado un animalillo y no juega con él, lo devora. Cuanto más los miro, más claro tengo que debo tenderles una trampa. Pero ¿cuál? Podría envenenarlos, pero no es fácil conseguir veneno para gatos, y el pastor dice que si les das veneno para ratas, lo reconocen y no lo comen. Además, sería demasiado rápido. Quiero encargarme yo misma. Desearía tener un hoyo repleto de escorpiones, una marmita de aceite hirviendo, una habitación sellada que se empequeñeciera hasta obturarse. Pero no tengo nada de todo eso, sólo leña, capazos, mortero, cepillos, paletas, una nevera inútil y butano, esas bombonas naranjas que acumulo con el mismo espíritu trastocado con que los pioneros acumulaban mantas.

Al día siguiente no soy yo, he retrocedido más de un peldaño en una coordenada que carece de un nombre particular. Diría que desconozco de dónde vengo, estoy descubriéndome, y eso me asusta y me enorgullece de manera anómala. Siento que me desvanezco porque en mí ha despertado un antiguo y fosilizado yo que me reclama. Su presencia es una fuerza que se me declara. Me siento vigorosa y digo que sí, una y otra vez. Me dirijo al cobertizo, los gatos desaparecen. Inclino la nevera hasta que cae al suelo. Gran estruendo y mucho polvo. Siento la cara sucia, las manos ásperas. He logrado que la nevera caiga boca arriba. Abro la puerta, saco los estantes. Entro en casa y vierto pienso de perro en un plato grande. Le echo un chorro de agua y se convierte en una suculenta pasta. La dejo en la nevera abierta y me voy a dormir. Al día siguiente los gatos ya son míos, han rebañado el plato y les preparo otro, y lo mismo durante siete días. Poco a poco empiezan a fiarse de mí, ya no corren como locos para ir a esconderse cuando voy a por leña. Uno muy peludo incluso se arrima a mí maullando con exigencia, reclamando contacto. Ha llegado el momento. Los someto a un ayuno de veinticuatro horas y actúo. Lo he planeado todo: salgo de la cocina sosteniendo el plato en alto, llamándolos con los estúpidos sonidos con que se llama a los gatos. Me siguen, maullando ansiosos, hasta la nevera, donde introduzco el plato. Los tres saltan dentro a la vez y, cómplices en la desgracia, comen sin pelear. Entro en casa corriendo. He atado al mango de la puerta de la nevera el cabo de una cuerda que se arrastra por el suelo polvoriento, trepa por la pared y entra por el ventanuco que da al cobertizo. La agarro con ambas manos y la recojo despacio. La cuerda se levanta del suelo, se tensa y, cuando ya no da más, tiro de ella: la puerta de la nevera se alza como un muerto y se cierra. He atrapado allí a los tres gatos. Cuando llego, están histéricos, chillan como si los torturasen y amenazan con forzar la puerta con sus saltos. La aseguro colocando un par de sacos de mortero encima. Soy rápida, astuta como el demonio. Me detengo un segundo antes de afrontar la segunda parte del plan. No siento mi corazón, es un desierto de noche, piedra que calla. Me afano en hacer que una de las bombonas de butano ruede hasta la nevera, arranco el precinto, encajo el regulador, introduzco la manguera entre la goma y el marco de la puerta y abro la llave de paso. Ningún ruido, los gatos están quietos. De vez en cuando, maúllan con una voz grotesca, la de un humano que imita un maullido. No los imagino, no puedo imaginármelos. Me repito que la necesidad actúa por obra mía y me jacto de que mi estrategia haya funcionado. Permanezco sentada en la nevera, procurando no obstruir la manguera, el tiempo de fumar dos cigarrillos. Luego salgo a dar una vuelta. No habría podido hacer algo así en ninguna otra parte, estoy segura. Así que, en cierta manera, está bien estar aquí. Que las alambradas no sean necesarias, que baste con lugares aislados.

No sé por qué, tardo tres días en vaciar la nevera. El pastor me ha dado un saco grande y ha dicho que puedo arrojar a los gatos al contenedor verde claro, destinado al ganado muerto, ubicado detrás de su casa. Cuando abro la nevera, no doy crédito a mis ojos. Imaginaba cuerpos rígidos, pero no embadurnados con pasta de pienso. El pelo feo, sobado y encostrado. Apesta, el gas hiede más que la descomposición. Me tapo la nariz con mi bufanda y agarro los cadáveres por el cuello. La rayita de sus ojos parece haber sido dibujada con pincel. Y, de repente, mientras introduzco a los gatos en el saco, sus naricitas se me antojan tiernas. Me quito un guante y toco una con un dedo, que se hunde en ella.

El pastor me mira distinto. O quizá me lo parezca, porque soy yo quien lo hace. He ido a limpiar y me ha dicho que lo dejase correr, que necesitaba ayuda con las cabras. Cuenta con media docena, cinco hembras y un macho. El cabrón tiene cara de sátiro, ojos y barbilla humanos. A veces querría ser cabra para follar con él. El pastor detesta a las cabras. Dice que van a la suya y que son demasiado listas. Cuando se escapan, no hay quien las pille, ni siquiera la perra se afana por hacerlo. Toca esperar a que se ponga el sol para que regresen. No las saca nunca del redil. Las tiene porque las utiliza como madres adoptivas de los corderitos recién nacidos que son rechazados por sus propias madres. Y él vive de esos corderos. De la carne de los corderos sacrificados a los tres meses. No puede permitirse perder ni uno. Se desconoce por qué las ovejas primíparas suelen abandonar a sus crías. El pastor dice que les falta experiencia, como si el primer embarazo fuese una prueba y con el parto ya tuvieran suficiente. Expulsan la placenta con un cordero dentro, al que ni olisquean ni lamen; lo dejan donde ha caído y se van a pacer. Manduca fácil para los zorros. Ahora tiene cuatro corderos huérfanos que si no maman morirán dentro de pocas horas. Le ayudo a llevarlos al cercado de las cabras. Agarro uno y es como agarrar a un impedido, no pesa ni se mueve. Siento el impulso de acercar mis labios a él. Su húmeda lanita está adherida a su cuerpo y huele a tarquín. Los posamos sobre la paja que cubre el suelo y se quedan quietos, balando con alaridos dignos de lástima. Dos cabras los rondan. Traen las ubres tan llenas que anadean. Hoy no han sido ordeñadas y saben que los corderos pueden aliviarlas. Pasean por delante de ellos, frotan su ubre goteante de leche contra su cabecita y excitan su boquita lamiéndola una y otra vez. Los corderos parecen idiotas. Abren la boca y balan alto, pero son incapaces de levantarse y coserse a los pezones. «Tenemos que hacerlo nosotros», dice el pastor. Y me enseña a hacerlo. Hay que colocar a los corderos a cuatro patas, con una mano sostenerles el vientre y con la otra agarrarlos por el cuello y endiñarles el pezón. Las cabras colaboran, son los corderos quienes lo ponen difícil. Se me ocurre que la carne recién nacida debe de ser muy tierna. «¿Por qué no nos los comemos?». El pastor se harta de reír y dice que ahora son todo hueso, que si quieres encontrar carne en un cordero de leche no puedes matarlo hasta que cumple un mes y medio, aunque es mucho más rentable criarlos el doble de tiempo antes de llevarlos al matadero. Me propone un trato. Él no tiene tiempo de ocuparse de esos cuatro descarriados, pero yo sí. Traerá a esos corderos a mi casa, junto con algunas cabras, y yo me ocuparé de pegarlos a sus mamas y de terminar de engordarlos con leche artificial. Si consigo salvarlos, cuando los lleve a matar iremos a medias. Es un buen trato. Y lo de la leche artificial me divierte. Me manda que vaya a la cooperativa a por un par de sacos de leche en polvo y biberones de litro. Y añade que, si preparo un establo, cuando vaya con el ganado dejará allí algunas balas de paja y alfalfa para las cabras. Pero tiene que ser pronto, esa misma tarde. Acepto. Acepto con un entusiasmo anómalo, como si se acercara un ciclón, pero mi casa se hallase sellada y el sótano a punto. Espero ese ciclón como si fuera a casarme con él. Quiero que la vida me atropelle. Quiero sentir su mano en mi nuca, que me obligue a tragar tierra al respirar. Porque sí, porque sentirme viva es cargar peso, ahora que sé que puedo soportarlo.

Hace diez días que no duermo. Es como si hubiera parido cuatrillizos. Los corderos no hacen más que llorar y quieren engullir. Las cabras están secas. Los corderos las vacían sin darles tiempo de producir leche nueva. Las persiguen, se cosen a sus pezones y los escurren, no permiten que se muevan. Ellas han empezado a evitarlos. Ha habido patadas. Un cordero cojea y otro tiene un ojo medio cerrado. Cada vez que entro en el establo con los biberones, los corderos se me echan encima y las cabras intentan escapar. Me gusta que me asalten de esa manera, sobre todo de noche. Soy feliz cuando, a las dos o tres de la madrugada, me despiertan sus balidos. Toctoc está harto de ellas y permanece tumbado en la cama, mientras yo me arrastro hasta la cocina y pongo al fuego una olla con agua. Vierto unas cuantas medidas de leche en polvo en cada biberón, añado agua tibia y los sacudo. Son tan grandes que tengo la sensación de que me dispongo a alimentar a ogros bebé. Cuando están listos, los meto en un cubo, me pongo abrigo y capucha, me calzo las botas y bajo las escaleras de dos en dos porque los balidos son insoportables. Enciendo la luz del establo, abro el postigo con el cubo en alto y empujo a las cabras con mi cuerpo. La bombilla es tan pobre que emite una luz muy íntima. Los corderos están desesperados, me embisten y chupan el borde de mi chaqueta. Agarro un biberón con cada mano y casi logran arrebatármelos. Quienes no han obtenido tetina lamen la leche que gotea de la boca de los demás. Adoro el sonido que emiten al tragar y al patear la paja. Intento alimentar a los cuatro por igual y, al terminar, echo una brazada de alfalfa en el comedero de las cabras. Los corderos se tumban en un rincón, muy juntos. Sus ojos se cierran de sueño. Acaricio un poco a las cabras y me siento en una bala de paja para mirar a los primeros. No me había sentido nunca tan bien. Adoro este silencio, el de los animales saciados y dormidos. Siento que en él acontecen cosas importantes. Termino tumbándome entre las balas y permito que el sueño haga lo que quiera. Que me agarre y transporte lejos, sabiendo que mientras lo hace un ganado me guarda. Me hallo en un pesebre, el lugar más aislado del mundo, el menos interesante y expugnable.

Es primavera y los animales han enloquecido. Las gallinas se montan unas a otras, Toctoc desaparece días enteros y regresa hecho un asco, exhibiendo testículos secos y marcas de pelea en las orejas. Cuando voy donde el pastor es como ir a un festival de sexo: cabrones montando ovejas, gatos cosidos a gatas, gallinas inmóviles sobre su tesoro de huevos, ahuecadas y pacientes como una preñada. Cuando se levantan para beber agua, los gallos aprovechan para fecundarlas de nuevo. Es un no parar. Algo que llevo todo el invierno deseando, y no sólo por el ansia de gestar. Creo que el aislamiento constituye un cerco que sólo el cuerpo puede combatir. He observado que lo primero que hacen algunos hombres cuando se topan con una mujer en un lugar aislado es pensar en sexo. Lo mismo da que luego dominen su instinto o no, porque el sexo ya está en la conversación, en los gestos de manos y piernas, en las formas que asumen los labios cuando hablan. Cuando un hombre piensa en sexo, todo en él deviene mandato, el sexo brota en su interior como un manantial y lo desborda, forma a su alrededor un aura como la de la santidad, inclusiva, egocéntrica. Una noche un loco fanático de los fósiles acampó cerca de casa. Le invité a cenar porque era agradable conversar con él. Traía una colección de rudistas que me fue enseñando, explicándome las diferencias entre ellos. Hablamos hasta tarde, hasta que me percaté de que aquello no era una conversación, sino la antesala de otra cosa que él lograba crear con su mente, con el lazo que formaba su presencia. Follamos allí mismo, estampados contra la pared, reptando por el suelo de la cocina. Un polvo violento como una bofetada. Cuando me levanté para abrocharme los tejanos y despedirle, se negó a seguirme hasta la puerta. Quería algo más, meterse en mi cama y pasar la noche conmigo.

La idea misma de dormir con un ser que no fuera un perro se me antojaba insoportable. Pronuncié un no rotundo y él insistió. Me agarró de un brazo como si fuera suya, como si por el simple hecho de haber follado nos debiésemos obediencia. Toctoc empezó a gruñir. Me deshice del agarre de aquel imbécil y le empujé con todas mis fuerzas. Al ver que retrocedía, Toctoc se abalanzó sobre él y yo aproveché para pillar un tronco encendido de la chimenea. Toctoc se aferraba a su bota y él intentaba deshacerse del chucho a puntapiés. Le amenacé con el tizón ardiente y empezó a insultarnos. Gritó «Puto perro» y «Puta loca» innumerables veces, mientras Toctoc echaba espuma por la boca y yo empujaba al hombre hacia la puerta, destrozándole la chaqueta a quemadas. Cuando le hube echado, atranqué la puerta y corrí escaleras arriba para arrojar el tronco al fuego. Mientras Toctoc devoraba salchichas, miré por la ventana y busqué los faros del coche en la oscuridad. Se alejaban a todo trapo. No se llevó su tienda, que estuvo plantada en la entrada, acumulando gallinaza, hasta que un día vino el pastor con su tractor y la arrancó para hacerme el favor.

El pastor dice que su perra está preñada y que, si nace un solo cachorro feo como Toctoc, irá a mi casa para matarlo, porque Toctoc no es un perro pastor, y si ha fecundado a la perra habrá malogrado esta camada y la siguiente. No logro que entienda que lo que dice no tiene ningún sentido.

Cierro el asunto con un cigarrillo y subo a limpiar. Podría afanarme diez años en hacerlo y no dejaría la casa limpia, es imposible. La sala es lo de menos, salvo las mesas, no hay muebles, sólo hay que barrer y fregar el suelo. La cocina, sin embargo, la doy por perdida. Decapé la mesa con estropajos y vinagre, no quedó brillante, pero al menos ya no pringa. Rasqué los fogones y el fregadero de mármol hasta que su color cambió. Pero el suelo es un mosaico de manchas indelebles y las paredes no son de azulejos, sino de yeso, y tienen una costra de grasa que no pienso tocar, creo que si lo hiciera empezarían a ocurrir cosas extrañas. La habitación del pastor, una de las antiguas alcobas de putas, se abre a la sala. A ras del suelo, las paredes son de color gris, pero a medida que suben van poniéndose negras. Las telarañas del techo tienen panza debido al polvo que contienen. Una cama alta y corta, de madera dura como el hierro, exhibe un colchón de lana sin sábanas y una almohada manchada de sudor. Arrimada a la pared del fondo, otra cama más pequeña se halla cubierta de ropa: camisas, pantalones, calcetines, calzoncillos, un jersey. La cama sirve de armario y la ropa está tendida sobre ella, sin plegar, pero amontonada. En casa del pastor todo es así, las cosas no se guardan en lugares cerrados, todo está expuesto en superficies planas. Un ventanuco del tamaño de un sagrario se abre a la parte de atrás. La luz entrante conserva su arco y lo empapa todo con un silencio antiguo como el del interior de una iglesia. Es la habitación más polvorienta y limpia, huele a detergente y hace un frío espeluznante. Siempre la dejo para el final, porque no me depara sorpresas. Las otras habitaciones están atiborradas de trastos y ocultan ratas.

Tengo una vecina que vive a seis kilómetros de aquí, en una casa como la del pastor, al pie de la carretera. Es una casa sólida, de paredes antiguas bien restauradas y tejado limpio de hierbas. De trecho en trecho, cuando paso por allí con el coche, la veo recogiendo el correo o despidiendo a unos gemelos en el autobús escolar. Decido pasar por allí más a menudo y saludarla con un bocinazo, sacando la mano por la ventanilla. Necesito que se fije en mí, no sólo porque es una de las pocas mujeres que hay por aquí, sino porque la encuentro irresistible. Lleva el pelo corto y rubio peinado de lado como una actriz inglesa y viste gruesos jerséis de cuello alto. A mí, los jerséis de cuello alto me resultan más provocativos que un escote con surco. Tras haber intercambiado saludos unas cinco o seis veces, me decido y me planto en su casa con la excusa de que mi perro se ha escapado. Llevo unos pastelitos que he cocinado yo misma. Nos presentamos. Se llama Sara, y no, no ha visto a mi perro, pero me invita a pasar a un comedor inhóspito como el de un castillo, y tomamos café y los pastelitos en un extremo de una inmensa mesa. Me explica que crían terneros y que la granja y las tierras pertenecen a la familia de su marido desde hace siglos. Viven con sus hijos y su suegra, la madre de él.

Me gusta que sea ella la extranjera, tiene un aire de abandono, de soldado herido sin bandera. Le doy conversación. En ella, la contención ocupa el espacio destinado a la alegría.

Al despedirnos, me invita a regresar. Imagino que no tiene muchas oportunidades de hablar con alguien de fuera, otra mujer. Bajo a verla cada tres o cuatro días y aparco el Peugeot al lado de un todoterreno embarrado. No sé por qué, las enormes y embadurnadas ruedas del todoterreno me entusiasman. Me invita a pasar a la cocina, donde veo una mesa soleada y el sonido de fondo de una radio que no calla. Bebemos café, fumamos, conversamos, picamos galletas o pastas, y mientras lo hacemos no le quito ojo. La boca de una mujer es poderosa, puede reflotarte, liberarte. La de ella es la arteria que llama al cuerpo al orden. No puedo obviarla.

El día que decido besarla me echa con una bofetada. Subo al coche con un resabio de sangre en el labio. Las ruedas embarradas del todoterreno quedan a la altura de mis ojos y me resultan insoportables. Conducir hasta casa es fácil, conozco el camino de memoria, cada protuberancia, cada bache, cada curva. Mi rabia es tal que podría ganar un rally. Al llegar a casa, veo que un hombre está amenazando a Toctoc con una escopeta. Salgo del coche y me encaro con él, dispuesta a todo. Necesito que haya empujones, disparos, amenazas, algo enérgico que disipe el absurdo de las relaciones humanas. Es un cazador. Toctoc se interpone entre nosotros, gruñe con el cuello tenso y el espinazo erizado. El cazador apesta a hollín y a sudor, a bárbaro. Sonríe mostrando dientes como navajas. Él sí que ha perdido a su perro, me pregunta si he visto a alguno extraviado. Le digo que no, pero que no se vaya, le invito a pasar y a tomar una cerveza. Me evalúa un instante y niega con la cabeza. Mi desesperación hiede más que la mugre en su piel y que todas las mugres del planeta juntas.

Empieza a hacer calor a mediodía y el pastor sugiere almorzar con las ventanas abiertas. El estercolero se mete dentro de mí con cada mordisco y me obliga a asimilarlo. Tengo la impresión de que el cordero apesta a cordero desde que sale del congelador. Debido al calor, llego a casa cargada de pulgas del tamaño de una pulga normal aumentada con lupa. Antes de acostarme, me quito los tejanos y repaso el interior de las costuras con la uña. Las pulgas salen disparadas a medida que las pinzo e intento aplastarlas con el dedo antes de que vuelvan a saltar sobre mí. Si alguna se me escapa, por la noche, cuando estoy en la cama, siento su caricia. No me cuesta nada imaginar que es un dedo, un dedo que me desea y sube por mi pierna hasta mi sexo. Me duermo y sueño con un inmenso cuerpo que chupo para alimentarme. Por la mañana, me desvisto y examino el recorrido de esa pasión nocturna, mordisco a mordisco.

Ha sucedido algo insólito: el pastor me ha propuesto que haga de puta. El caso es que no me ha sorprendido del todo. Me contó que hace diez o quince años tenía una amante, la mujer más guapa del pueblo, la peluquera. Iba a verle de vez en cuando. Él le hacía un hueco en el pajar para que aparcara allí su coche, que luego tapaban con una lona para que nadie lo viese al pasar por ese cruce. Luego subían a su habitación, donde dice que hacían el amor. Intento imaginar al pastor hace diez o quince años, más o menos igual que ahora, sucio de pies a dientes como un estercolero humano, en contacto con la piel limpia y perfumada de la peluquera. No me cabe en la cabeza. ¿Qué vería en él una mujer así? Alega que siempre la cuidó mucho, que cuida a las mujeres que le quieren, les regala cordero, dinero y cajas de galletas para que no dejen de ir a verle, para que estén contentas.

Hoy he hecho de puta y todo ha ido como una seda. El pastor huele a estercolero, pero es una persona amable. No necesité pensarlo ni un día. Me presenté en su casa y le dije: «De acuerdo, cuando quieras». Nos pusimos manos a la obra en el acto. Primero echó el cerrojo por dentro. Cerró todas las ventanas del primer piso. «Así, si viene alguien, pensará que he salido». Nos dirigimos a su habitación, que no ha dejado nunca de ser una habitación de putas. No sabía cómo colocarme. «Quítate la ropa». Él también se la quitó. Su cuerpo es blanco como la manteca y tiene pecas rojas y pliegues de pellejo caído. Estábamos de pie, de lado frente a la cama, preparados como saltadores de trampolín. Le miré el pequeño pene, allá abajo, al abrigo de la panza, sobre el cojín de los testículos. Quiso tocarme el coño y me agarró con la misma brusquedad con que agarra a las ovejas. Pero yo no tenía la menor intención de huir, le dije que anduviera con cuidado porque de lo contrario le hincaría un cuerno. No sé por qué, bromeé todo el rato. La uña de su pulgar se me clavó dentro. Le dije «Fuera», que hacía daño, y cuando la sacó recordé lo negra que es. La olió. Luego se tumbó en el colchón y yo me arrodillé a su lado. Creo que él no sabía muy bien qué hacer y pensé que prefería que me dedicase a tocarle el pene. No me equivoqué. Empecé a hacerle una paja, esperando que aquello creciera un poco, pero nada, a duras penas se erguía. Quería meterse dentro de mí: me senté sobre él e intenté introducirme su pene con una mano. No sentí nada, pero creo que funcionó, porque de repente se puso contento, cerraba los ojos, sonreía y jadeaba, y yo venga a moverme hacia delante y hacia atrás. Agarró mis pechos y los estrujó un rato. No eran mis pechos, no sentí nada. «¡Qué pequeños!», se quejó. «Sí, mira, no soy peluquera». Era todo tan inocuo que no podía dejar de hacer el payaso. Hasta que me dijo que le dejara salir, que estaba a punto de terminar. Intenté entretenerme, pero él insistió en vaciarse fuera y yo pensé que tendría otras oportunidades. Le hice otra paja y, como me sentía espléndida, se la hice con la mano y la boca a la vez. Se corrió en cinco segundos, quejándose bajito como un niño que ha perdido a su madre. El semen tenía el mismo resabio a estiércol que el cordero y toda la casa. En mis manos, su pene seguía pequeño, indefenso y cansado como un polluelo caído de un árbol.

He hecho de puta durante un año. La primera vez cobré trecientos euros. Me hice cruces, pero no dije nada porque necesitaba dinero. Ahora bien, no siempre cobraba, a veces él no me pagaba nada durante tres o cuatro días. Cuando se lo recordaba, me daba cincuenta, cien y hasta doscientos euros si había vendido una buena partida de corderos. Nunca más trescientos. Esa informalidad me parecía bien, me sentía cómoda porque no me ataba y a final de mes obtendría unos ingresos que me permitirían dejar el bar y ahorrar un poco. Era un trabajo más rápido y fácil que la limpieza, como sacar a pasear a un incapacitado o cambiar los pañales a un anciano. Tumbada en la cama con él, vaciando su leche y viendo que aquello le aliviaba, llegué a considerarme una enfermera. La mayor parte del tiempo así lo pensaba, lo creía firmemente y me sentía afortunada. Sin embargo, en ocasiones ese compromiso me pesaba. Ciertos días no me apetecía desnudarme, pero cedía a su insistencia sin saber por qué, quizá sólo para no corromper la balsa donde la vida flotaba. En esos momentos sentía que mi cuerpo estaba abierto; la piel protectora, vuelta hacia dentro; la pulpa, expuesta. Las garras del pastor eran tábanos que exprimían el jugo de mis pechos, muslos, nalgas. Embocar su pene era impensable, mi coño no accedía a ser pasillo cuando no llevaba coraza. Le hacía una paja a toda prisa, gimiendo como una puta de verdad para compensar las carencias. Él se corría enseguida y decía que todo había ido demasiado rápido. Yo me vestía bruscamente y le dejaba allí tirado. Tenía que regresar a casa y fumar un paquete de cigarrillos, reñir a Toctoc, despedazar troncos con el hacha y quemar leña. Luego, desnudarme y escaldar mi piel en el barreño hasta arrancármela a tiras. Si en días así hubiera podido dibujarme alguien muy sensible, habría dibujado un cuerpo descomunal atrapado en un duro bloque de desamor, hielo, mármol. He hecho de puta durante un año, hasta saber que estoy preñada.

TRES

Me horroriza la ausencia de deseo. Es como si la criatura me lo hubiese arrebatado y me utilizase como instrumento para satisfacerla. O, mejor dicho, como criada. A media mañana, me siento a tomar café y, de repente, el nuevo huésped, caprichoso y perverso, me ordena que me levante. Se ha instalado en mi interior con una campana. Abro la nevera y como mermelada a cucharadas, de pie. Cuando se sacia, echo el bote vacío a la basura y continúo con el café, ahora frío y amargo, que me deja un resabio a cenicero. Me angustia imaginar lo que sucede. Me angustia pensar que he retenido el líquido del pastor. Que se ha producido un injerto, y un horrible y desproporcionado cordero está creciendo dentro de mí, en el lugar destinado para ello. Imagino una urna almohadillada, un receptáculo estanco. Paso mi mano por mi vientre liso y nadie diría que soy una despensa. Me hice la prueba hace un mes. Conduje treinta kilómetros hasta una farmacia desconocida y salí con una cajita envuelta en papel fino. Entré en el primer bar que encontré. No había ninguna mesa vacía. Los clientes parecían figurantes, llevaban vasos a sus bocas, que luego lucían labios brillantes. Patatas bravas, croquetas, calamares. En cada mesa, el festín de la grasa. Me dieron arcadas y me dirigí directamente a la barra. Maldecía a quienes me miraban. Gente de todas las edades. Animales. Deseaba que todos fueran ciegos. Un mundo donde mis ojos fueran los únicos ojos sanos. Ocho o nueve meses de epidemia habrían sido suficientes. Pedí un agua con gas y busqué los lavabos. Me encerré en uno de ellos. El suelo estaba pringoso y no había papel. Me tapé la boca con una mano y contuve la respiración. Donde había gente, el mundo era grasiento. Cuanta más gente, más grasiento. Desenvolví el paquete de la farmacia, eché el papel al váter y abrí la cajita para leer las instrucciones. Eran para idiotas y tuve que seguirlas. Las cumplí al pie de la letra y, con la mano empapada de pipí, esperé a que apareciera la rayita azul. Una única rayita significaba negativo. Primero apareció una, y al cabo de unos segundos la otra. Tiré el test a la papelera y permanecí sentada en la taza hasta que alguien golpeó la puerta.

Estaba embarazada y no podía dejar de pensar en ello. Imposible olvidarlo durante un segundo, descansar. El terror lo impregnaba todo, como cuando se declara una guerra. Por la noche, soñaba. Tenía sueños de persecución, en los que no podía huir porque mi descomunal barriga había borrado mis piernas. Pasaba la noche con las narinas abiertas y el corazón amedrentado, buscando un lugar donde esconderme. Uniformadas hordas me perseguían. Camareros, mozos, soldados, pilotos, cajeros, pastores. Hombres y mujeres de tela. Hombres y mujeres de una incuestionable fortaleza, de una suciedad sin medida. Querían quitarme la barriga, asimilarla. Despertaba con la piel fría y la garganta cerrada, y extrañaba los balidos de los corderos. Alguna noche, bajaba al establo. El cubo de biberones seguía allí y había restos de alfalfa en los comedores. Esa silenciosa luz. Ese aroma a leche adherida al techo bajo y las paredes oscuras. Me sentaba en un rincón y dejaba que Toctoc escarbara la paja en el suelo. Si cerraba los ojos, volvía a percibir la respiración de los corderos dormidos y me sentía acompañada. A la mañana siguiente, estaba helada y me dolía todo. Tenía el vientre duro y los músculos tan rígidos que debía ponerme a cuatro patas para levantarme. Me arrastraba hasta la cocina y me sentaba frente a la chimenea, con los pies dentro. Café hirviendo y el primer fuego del día. Llegué a pensar que la historia de la humanidad era la del calor, la de la lucha por el calor. La del desafío a la intemperie. La de la lucha contra el hielo. Pero el hielo no sólo provenía del exterior, también era un asunto humano. Surgía dondequiera que hubiese humanos, lo mismo que las olas surgen del viento y las corrientes marinas. Mitigar el helor invernal con un fuego era algo sencillo que me brindaba satisfacción. Haberme refugiado en esa casa me había preservado de la inclemencia durante un tiempo. Si quería continuar estando refugiada, tenía que cubrirme de lana. Taparme con ropa holgada y ensanchar los hombros para proteger mi embarazo de la mirada y la voracidad del mundo. En la boca, siempre un arma. Y, por escudo, un lago de turmalina en el interior de cada ojo.

El pastor no aceptaba mi renuncia. «Se acabó, no lo haremos más», anuncié una mañana. No dijo nada y se dedicó a ignorarme, enfurruñándose como si fuese su madre y le hubiese quitado los caramelos. Estuvo trabajando en el redil mientras yo limpiaba la casa y, a la hora del almuerzo, mientras yo fregaba los platos del día anterior antes de que volvieran a llenarse de cordero, me agarró por detrás y se apretujó contra mis nalgas. Me deshice de sus garras y le amenacé con la sartén, que chorreaba detergente. «Te pagaré más», dijo. Ni petición ni súplica ni negociación. Se creía amo de mí y se hacía el generoso. Le contesté que no, que estaba decidido. Se acercó a mí con intención de sujetarme y manosearme una teta. «Ahora que tienes las tetas más grandes, ¿me dejas?». Le propiné un sartenazo en la cabeza. Por instinto, sin pensar. Esa santa hostia le hizo tambalearse. Nos miramos un segundo y éramos dos animales que se miran. No nos habíamos visto nunca, pero queríamos matarnos. Me sentía salvaje, tenía unas ganas locas de golpearle de nuevo. De su cráneo manaba sangre que le caía por una ceja y se introducía en su ojo. Se untó los dedos en ella y se los llevó a la boca. No sé qué tiene el sabor de la sangre, pero es excitante. Levantó un puño sanguinolento al tiempo que avanzaba un paso. Se detuvo. Era como si su cerebro sorbiese sus ojos. «Maldita puta», gimió, al tiempo que caía de bruces al suelo. En lugar de rematarlo, salí corriendo. No recuerdo haber bajado la escalera ni haber arrancado el coche ni haberlo conducido hasta mi casa. Recuerdo haber abierto la puerta a Toctoc y haber echado el cerrojo. Recuerdo haberme dirigido al establo y haberme tumbado y cubierto con paja dulce y seca. Recuerdo haberme masturbado y haber chillado como nunca.

Pasaron días o semanas. Tenía comida suficiente, de modo que me encerré en casa. Tenía miedo. De ser una asesina, de haber matado al pastor. Me había llevado conmigo la abollada sartén, el arma del crimen. La había lavado a conciencia, utilizando salfumán y lejía. No fue difícil eliminar la costra de sangre, adobada con residuos de piel y algún que otro pelo. Lavar sangre es como limpiar pinceles. Como haber pasado la tarde encerrada en el taller con un caballete y un bodegón de bogavante vivo. El fregadero se llena con una acuarela rosada y es un placer ver cómo se escurre por el desagüe, cada vez más pálida, hasta que no queda rastro de ella y el agua vuelve a ser clara. Desde que lavé la sartén, la utilizo a diario. Le echo manteca y frío de todo en ella. Pollo, patatas, verduras, cordero que aún tengo en el congelador. Dejo que la comida se requeme en ella, se adhiera a ella, me obligue a maltratarla con un estropajo de metal. Luego, la llevo al cobertizo y la abollo aún más, golpeándola contra la pared de piedra. El pastor no tiene amigos, pero recibe llamadas y visitas. Su hermana, otros pastores con los que intercambia carneros o el transportista del matadero. Cuando alguien le eche en falta, acudirá la policía con ese artefacto luminoso que tiñe de violeta cualquier invisible resto de sangre. Sería demasiado arriesgado deshacerme de la sartén, así que le añado diez años en una semana. A ésa y a todas las que tengo. Soy la vecina pobre, la que ha perdido a su benefactor. Lo repito cien veces al día, debo creerlo. Pero es imposible, la noche es el templo de la verdad, un dios que grita. Me tapo con sábana y manta, y apago la luz. Las carcomas trabajan. Toctoc respira. Y yo inicio una segunda jornada, más agotadora que la primera, porque me tortura. Me aterra la idea de que me arresten. De que me enjaulen. Intento acompasar mi respiración con la de Toctoc. Lo intento. Lo intento. A la mierda. Es imposible respirar con la lentitud de un perro. Enciendo la luz, me dirijo a la cocina y preparo una infusión de tomillo. El tomillo es bactericida y mis pensamientos son bacterias. Me han invadido. Hurgan y se multiplican. Debo eliminarlos. Bebo la tisana como si fuera una poción. La flor de tomillo me empalaga, es como tragar jabón. Yo misma la recojo al lado de casa, crece entre las rocas con la inocencia de los arbustos pequeños. Prefiero escaldarla que comprar bolsitas de menta o té. Lleno la taza de nuevo y la llevo a mi habitación. Me siento en la cama y me miro los pies. No puedo quitarme a la policía de la cabeza. Me cuesta imaginar que un coche patrulla suba por este camino. Sería como ver aparecer una noria en medio del océano. Aquí, he dejado de escribir. Hace más de un año que no firmo nada. De hecho, ya no recuerdo mi firma. En casa no hay papel ni lápiz. No tengo ni ordenador. ¿Qué autoridad tiene sobre mí la ley escrita? ¿Qué autoridad tiene sobre el pastor? ¿Por qué debería afectar su muerte si él no la contempló en vida? Desconfío de los Estados y la legislación, pero creo en la vida, en el territorio, en la libertad de convertirse en el más listo o el más voluntarioso o el más fuerte. Se acerca el final de una época, lo noto en mi cuerpo.

Primero fue una vibración, un sonido lejano. Era la una de la tarde y hacía días que tenía vértigo. La noche anterior no había logrado dormir. Venía a mi mente la palabra «culpa». Encerrada en ese cuarto negro y laborioso. Porque, de noche, las habitaciones son establos donde regurgitar y rumiar el pasado. Me maravilló que la palabra «culpa» no me dijera nada. Que algún día lo hubiese hecho. Pero las palabras pierden el sentido cuando dejamos de utilizarlas. Hacía tiempo, en otra vida, había recorrido residencias, entrevistado a ancianos y transcrito sus vivencias. Algunos no se arrepentían de nada. Otros se arrepentían de no haber hecho algo o de haber hecho una cosa en lugar de otra. Ésos eran quienes se sentían culpables. Yo les escuchaba y me divertían, creía que sabía más que ellos. La culpabilidad es un sentimiento inútil, un dedo que señala y lo estropea todo. Quizá tu propio dedo. Tumbada en la cama con los ojos abiertos y, a mi lado, Toctoc roncando con el morro hundido en mis costillas, supe que un día sería una vieja encerrada en un caserón. Una vieja solitaria, harta de matar gatos, harta de alimentar corderitos y enferma de gota de tanto comerlos a pedacitos. Una vieja que hablaría y dormiría como un perro. Quería no sentirme culpable, no tener que arrepentirme de nada. Me lamí las manos porque necesitaba creer en mí. Que la culpa no llegase de fuera. Evitar la detención.

El ruido se incrementó y aparecieron las primeras ovejas. Estaba tumbada en la cama. El mareo era una sensación sorprendente, como si yo fuera el ojo de un remolino y los objetos del mundo, arrancados del mundo, hubiesen enloquecido. Armarios, mesillas, cafeteras. Tazas y platos. Cojines y paredes torcidas. Todo desprendido de sus raíces y proyectado a mi alrededor en una peligrosa danza. Temía la mano de mortero. Esquivaba muebles y cucharitas. La única manera de librarme de ellos era acostándome. En ese momento, los objetos parecían sedimentos suspendidos hasta que se depositaban. El remolino ya no tenía nada que ver con el aire, sino con el agua. La cama-barca se mecía. Yo era un anzuelo oxidándose en ella. Permanecía horas tumbada en ella, hasta que la marea retrocedía. Ahora podía dirigirme a la cocina para hacer la cena. La casa callaba y todo en ella me espiaba. Cruzaba el comedor de puntillas y las baldosas cuchicheaban. Ponía agua a hervir, encendía unos cuantos troncos y esperaba a que produjesen brasa. ¿Transcurriría una hora? El tiempo arde cuando toca el fuego. Asaba una berenjena al rescoldo y la comía allí mismo, utilizando mis rodillas a modo de encimera. Cada vez estaba más convencida de que no necesitaba nada. De que llegaría el día en que prescindiría de todo.

Abrí los ojos porque no creía lo que percibían mis oídos. Balidos. Erguí la cabeza y las vi. Una, dos, tres ovejas paciendo en el bancal trasero. Traían la lana tan larga y desmelenada que parecían vestir jerséis. Me levante y corrí a la ventana. No me pegué a los cristales, observaba desde lejos como si las ovejas fueran carnívoras y temiese ser descubierta. Un rebaño entero subía la cuesta y se esparcía en torno a mi casa. Mi corazón se crispó, era un corazón insano. Le buscaba. Le buscaba y terminó apareciendo. Iba a la cola del ganado y traía el cayado en una mano y a su impertinente perra pegada a sus perneras. Alzó la cabeza y me retiré, helada. Era una cabeza envuelta en una venda sucia. Una cabeza traumatizada, que funcionaba porque sabía apacentar. Mis manos buscaron mi vientre y creí que tocaba el de un ahogado. Estaba frío y empezaba a hincharse. Pensé que estaba sentenciada, que el pastor había venido a matarme. El bastón golpeó la puerta. Permanecí quieta.

Deseaba morir allí mismo por el motivo que fuera, mi pánico o el embarazo. Un feto asesino que me devorase. Pero no por venganza ni como un gato. Otra vez, el bastón. «¡Traigo cordero, maldita señora!». Supe que era cierto. Que el mundo, circunscrito a la negrura de los bosques y los clanes, era perfecto.

Cenamos en el comedor. Desplegué un mantel blanco que tenía manchas amarillas y estaba plagado de lunares marrones como de carcoma. Herví unos pedazos de cordero y aderecé un tomate. Los platos, que humeaban sobre el mantel, parecían desconcertados. Nos sentamos en silencio. Partí pan y llené dos vasos de vino. Nos pasamos el salero varias veces. Pinchábamos el tomate con un tenedor y comíamos la carne con los dedos. Teníamos hambre, engullíamos. Rebañábamos los huesos, que repicaban al caer de nuevo en el plato. El pastor se limpiaba los dientes sorbiendo el aire. Se me había pasado el mareo. Empezó a hablar cuando traje el café. No quiso un cigarrillo, quería hablar de lo que hablábamos siempre. Yo le escuché, diciendo que sí y que no, fumando un par. Cuando se cansó, se levantó de la silla y se dirigió a la puerta. Le devolví la sartén y quedamos en que al día siguiente acudiría a su casa a limpiar. No me dio las gracias ni se despidió. No hizo falta decir nada.

Con la llegada del buen tiempo, entendí que me costaría esconder la barriga. Empecé a comer como si estuviera previsto un racionamiento. Pan cargado de mantequilla, patatas, tocino, montañas de cordero. Antes de acostarme, derretía miel en leche caliente. Tragaba, tragaba. Me dormía ordenándole a mi cuerpo que convirtiese ese exceso en grasa. Obedeció. Trabajaba de noche para que apareciera la mujer que me protegería de ese imparable tumor. Caminaba y me cansaba el doble, sentía que cargaba con un muerto. Pero mi barriga sobresalía menos, desaparecía en mi anchísima y amorfa cintura, se escondía bajo mis pechos. Tapé el espejo del armario porque no me reconocía. Lo cubrí con una sábana, como cuando se declara un luto. Mi respiración se ralentizó, mi corazón se disparaba. Un día me sorprendí roncando. Y tenía los pies tan hinchados que no podía atarme las chirucas. Era una bola, una mujer atrapada en otra con un hijo en su interior. Iba poco a casa del pastor. Le dije que tenía un problema de tiroides y que debía medicarme y hacer régimen antes de poder reanudar el trabajo. Contestó que me veía mejor que nunca. Al decírmelo, se le achicaron los ojos. El deseo alentaba el cálculo. Me medía con el pensamiento. Quería que fuera suya sin saber que era yo quien le poseía.

Cuando llegó el momento, agarré el neceser y una muda, dejé un par de cubos de comida y agua para Toctoc y subí al coche. Conducía despacio. Parecía que el camino de carros se hubiera alargado durante la noche y sus tres kilómetros se hubieran convertido en dieciséis, que continuaban desplegándose en diecisiete, dieciocho, diecinueve, veinte. Creí que no terminaría nunca, que me quedaría atrapada en él. Las contracciones no tenían nada que ver con las oleadas. Eran agresiones, dentelladas. Cuando me venía una, tenía que frenar en seco. No sabía si lograría llegar al hospital. Me horrorizaba tomar la carretera principal y no poder controlarme. Tardé muchísimo en llegar al cruce que limita con la casa del pastor. Vi que estaba arrojando un cadáver de cordero al contenedor. Paré un momento y bajé la ventanilla. Me venía una contracción. «¡Debo ir a cuidar de mi madre unos días!». Se me cortaba la voz. Asintió con la cabeza y dijo no sé qué del charco grande. No le entendí, no le oía. El dolor tenía eso: me agarraba y me forzaba a desplazarme a donde él surgía. Era egoísta y celoso, un animal rabioso. Subí la ventanilla y esperé que me permitiese marcharme. La carretera era más estrecha que nunca, era difícil no salirse de ella. En un cambio de rasante aplasté una serpiente verde que yacía en la calzada. Ya estaba muerta, pero me consoló aplastarla. Las contracciones me venían cada vez más seguidas. Quizá había esperado demasiado. Quizá mi cuerpo tenía prisa. De repente, sentí una gran energía, una especie de calor subterráneo, lava que hervía en un lugar mucho más profundo que donde la criatura se había gestado. Era la fuerza que necesitaba para doblegar el dolor. Me aferré a ella. Me incorporé a la carretera principal. Circulaba por el carril lento, frenando con cada contracción. Tomaba aire y exhalaba humedad como si mis pulmones fueran dos bosques. Los cristales se empañaban, los limpiaba con la manga. Apareció la señal indicadora del hospital. Entré en la población y vi otro indicador. Toda yo perdía agua. Tenía la entrepierna empapada, como si un lago se hubiese desfondado. Y una presión muy grande. Apareció el edificio, ese hache mayúscula con su inequívoca cruz. Me detuve en la entrada de urgencias y abrí la puerta del coche para sacar una pierna y bajarme el pantalón. Una mujer que pasaba por allí empezó a gritar. Pedía ayuda, que viniese alguien. Luego, se arrodilló ante mí y me dijo que tranquila, que veía la cabeza del bebé.

La tuve conmigo tres días. No fue como tenerla en casa. No. La tuve abrazada tres días. Yacíamos en la cama. Las sábanas eran blancas y azules. Luces apagadas. Sólo la tierna claridad de la noche, que se cerraba como un puño y estallaba con el día. La abrazaba y no decía nada. La abrazaba para que no me necesitase, para evitar gemidos y llanto, el primer llanto, ese grito seco. Besaba su frente, besaba su boquita y la abría. Le habría tapado la nariz para que respirara a besos. A besos, durante tres días. La llenaba de leche. Tardaba mucho en cambiarle los pañales. La mantenía empapada. La abrigaba para que sudase. La quería en un líquido, en la humedad. Que no reparase en que había nacido. Que mi permanente abrazo fuera el recinto conocido, y el dedo al que se agarraba, la fuente, el cordón. Le hablaba a media voz. Me tapaba la boca con una mano y mi voz retronaba. No le decía nada de mí. Describía la habitación. Era pequeña y contenía una cama y, al lado de ésta, una cuna de plástico transparente. Que la cuna tuviera ruedas era un atentado. Que éstas rodasen durante nuestro sueño era un pensamiento inquietante que malograba mi descanso. La acostaba sobre mí para que durmiera con su blandísima oreja apoyada en mi pecho. Toda yo su colchón. En el interior de éste, el continuo sonido de mi corazón. Dormía y se movía poco. Gesticulaba y parecía muda. Qué fino aliento. Qué miedo tenerla allí. Que abriese sus ojos de vidrio turbio y, de improviso, reparase en mí.

Al quinto día regresé a casa. Sola. Con un tierno corte en el vientre. Conducía doblada. Me alejaba del hospital y tenía la impresión de que viajaba en un ataúd, de que mi carne había muerto y mi alma se hallaba atrapada en él. Sentía pánico, un pánico anticipatorio de cuanto estaba por venir. Deseaba un día larguísimo, dejar de creer en la noche. Temía que mi soledad se desnudara ante mí y me ofreciese vacuidad. Sentía un violento miedo de perder mi corazón, de que la parte de mí que conducía hacia él fuera secreta. La carne muerta captura el dolor. La carne muerta no admite llanto. Al llegar a casa, me encontré con que el pastor estaba esperándome. Se hallaba apoyado contra la pared, tenía una ramita en la boca y a su obediente perra a sus pies. Quinientas ovejas cosían la cabeza al suelo. Toctoc saltó sobre el capó. Me miraba a través del parabrisas y ladraba. Se alegraba de verme, o quizá no le quedaba pienso y reclamaba más. Yo deseaba hundir la cabeza en alguna parte, que una blanda masa se introdujese por mis ojos, boca, orejas y nariz adentro hasta alcanzar mi cansado cerebro. Deseaba romperme los dedos asiendo el volante. En lugar de ello, me recogí el vientre con las manos. Tomé aire antes de abrocharme los pantalones y el cinturón. Me tapé con mi chaqueta y me envolví la bufanda en torno al cuello. Toctoc esperaba fuera, meneando la cola. La perra del pastor estaba alerta, parecía saber algo, porque no se movió. Salí del coche despacio, dando la espalda a Toctoc para evitar que me abriese el corte cuando saltase sobre mí. Extraje unas galletas de hospital de mi bolsillo y las lancé lejos. Entonces sí que tanto Toctoc como la perra se precipitaron tras ellas. Agarré la bolsa que llevaba en el maletero y me dirigí hacia la puerta. Intentaba andar derecha y los puntos de mi herida chillaban. El pastor me saludó y dijo que me veía mucho más delgada. «¿Acaso te han hecho pasar hambre los del charco grande?». Repuse con un gruñido, porque si hubiese intentado articular palabra me habría salido un grito. Di vuelta a la llave y Toctoc se coló dentro. «Mi casa está sucia, convendría que te acercases hoy o mañana».

Antes de cerrarle la puerta en las narices, asentí. Y, ya sola, caí al suelo doblada en dos, sintiendo los ojos candentes y una rabia tristísima que no lograba expulsar. Se había cosido a mí para ejercer de hermana.

Hace días que no salgo de casa. No sé cuántos. El pastor ha venido dos veces con cordero y galletas, y le he dicho que estoy enferma. Que creo que he pillado la gripe en casa de mi madre. Ni siquiera le he abierto. He asomado la cabeza a la ventana y le he gritado que no se acerque, que encima le contagiaría. Ha dejado la bolsa de comida colgada de un gancho y se ha marchado. No le soporto. No soporto el cordero ni las galletas. No soporto haber tenido algo de él en mi vientre. No soporto haber deseado esa cosa, que era terriblemente preciosa y tibia. No me soporto por haberla dado. Guardo en los labios el beso que casi le di cuando se la llevaron. Lo he retenido, y es como si en lugar de un beso hubiese retenido un trueno. Todo está quieto. Espero lo peor. Lo sé esa noche, cuando enciendo el fuego y se me ocurre regarme con gasoil. Me veo rodando a lo largo de un campo negro cual ovillo de lana prendida. Ceno sopa de arroz y bebo agua del grifo. No amaso pan ni me lavo. El corte cicatriza y parece la firma de un niño. He tenido en brazos un gran interrogante. A mi criatura y el formidable pavor de estar mirando a los ojos a un animalillo dotado de dos colmillos. No hay vida deseable. He cometido un crimen. La vida es el territorio de la multitud, por eso me he desentendido del crimen. Fuera de mí, no hay nada mío. Ordeno que todo lo que ha sido mío sea de la vida, que busque y halle su camino en la inhumana y cruda vida, porque ya no es mío. Ordeno un nuevo destierro, ahora que he pervertido el viejo. Que sepa estar alerta cuando, a medianoche, la vida me mande a sus lanceros.

Papel certificado por el Forest Stewardship Council®